日本的俳句

俳句とはどんなものか
俳句への道

［日］高滨虚子 著
刘德润 译

商务印书馆
The Commercial Press

商务印书馆（成都）有限责任公司出品

译者序

一个世纪以来，在日本流行着三本俳句入门书，经久不衰。那就是高滨虚子先后写成的《何谓俳句》(1914年)、《俳句作法》(1914年)、《俳句之道》(1955年)。其中，《俳句作法》是面向日本读者、用日语进行俳句创作的入门指导书，对广大中国读者不太适合。通晓日语的读者，想尝试一下用日语创作俳句，或为了更好地欣赏俳句原作，可以去阅读原著。

因此，本书将《何谓俳句》《俳句之道》这两本经典小书合为一本，翻译介绍给更多不谙日语的中国读者。我们首先来了解一下，为日本百年俳句发展指明方向、为近代俳句的繁荣兴旺打下了坚实基础的高滨虚子，乃何许人也？他写的这两本书为何能长期畅销？

高滨虚子（1874—1959），本名清，爱媛县松山市人，出身于武士家庭。父亲池内政忠[1]，文武双全，精于剑道，还担任藩主的"祐笔"（文书），喜爱谣曲与和歌。虚子的母

---

[1] 虚子8岁改祖母家之姓"高滨"，故与父亲姓氏不同。——编者注

亲也喜欢文艺。1891年，17岁的虚子开始与当时还是东京帝国大学的学生、同乡的正冈子规通信，向他学习俳句。后来，子规建议他改名为与"清"（きよし）发音近似的"虚子"（きょし）。几年后，虚子来到东京时，子规已经是《日本报》的记者，发起了俳句与和歌的革新运动，努力打破俳句发展的僵局。因为从江户时代以来，俳句就深陷于陈词滥调之泥潭。虚子也积极地投身于这场俳句革新运动之中。

1897年，俳句杂志《子规》在松山创刊，发起人为柳原极堂，刊名由正冈子规命名。由于效益不佳，来年10月，杂志社迁往东京神田。正冈子规患肺结核而咯血，须回乡养病，24岁的虚子便接过了《子规》杂志。从第二卷第一期开始，《子规》呈现出崭新的面貌，虚子还在上面开辟了写生文专栏。1905年，夏目漱石的长篇小说《我是猫》在《子规》杂志上连载，获得洛阳纸贵般的极大成功。同年虚子也开始了小说创作。1908年，春阳堂出版了他的第一部小说集《鸡冠花》（夏目漱石作序）。接着，虚子的小说开始在许多著名报刊上连载。1910年，虚子迁居镰仓，重新开始俳句创作。

河东碧梧桐也是正冈子规的同乡与弟子，还是虚子的中学同学。1902年9月，子规去世后，碧梧桐接替子规担任了《日本报》的俳句专栏的选句工作。1906年至1911年，碧梧桐受日本文坛上风靡一时的自然主义小说风潮的影响，提出了"打破旧习，探求真实"的口号，试图闯出一条俳句发展的新路。他分两次走遍了北海道、东北、中部、近畿、山阴、四国、九州等地，宣传新倾向俳句。他主张俳句不必遵守十七音定型，可以不要季语，提倡"直接表达""充实人情味""人道主义"。这种新倾向俳句的创作风气在各地颇有市场。虚子认为，这样的改革属于离经叛道，俳句创作必须回到坚守传统的正确道路上来。他举办讲座，呼吁大家捍卫传统的俳句正道。1914年，虚子将自己六个月的连续讲座整理成书——《何谓俳句》，以正视听。虚子自称"守旧派"，他在这本书中特别强调俳句的"十七音定型"与"季题（季语）"的使用，以及俳句中独特的"切字"的功用。最后，虚子还简单地讲述了俳谐四百年的历史。他希望今天的俳句能够不偏离"俳圣"松尾芭蕉以来的优良传统，遵守十七音定型，坚持使用季题。今天的俳人必须在这两个前提之下推陈出新，开拓出一片新天地。直到20世纪20年代后期，虚子不懈努力，培育出了一大批俳坛新人，包括水原秋樱子、山口誓子、阿波野青亩、高野素十等俳人，由此开创了近代俳坛的辉煌时代。1927年，虚子明确提出了"花鸟讽咏[1]""客观写生"的艺术理念，主张在平凡的生活中，做一个热爱生活、热爱大自然的平凡人。虚子将俳句创作与人生观融为一体，让俳句迎来了继子规的俳句革新运动之后的第二个高峰

---

[1] 日语的"讽咏"一词，是创作诗歌、吟咏诗歌的意思。与古汉语"讽咏"的"讽诵吟咏"意思基本相同。——本书下方注释如无特殊说明，皆为译者注。

期。1937年，虚子当选为帝国艺术院首批会员。1954年11月，荣获了天皇颁发的文化勋章。

本书收入的第二部著作《俳句之道》就是在这样的背景下问世的。

虚子赞美讴歌日本得天独厚的山河湖海、温润多彩的自然美景。他认为日本的大自然不像酷热或是严寒地区那样令人畏惧。日本花发花落、水泻云飞、潮汐起落的自然环境是那样地令人陶醉。并且，日本的民居建筑是与大自然融为一体的，人们可以随时亲近大自然。这些就是俳句诞生在日本的先决条件。他赞美道："春、夏、秋、冬四季，以及雷霆风雪、禽兽鱼虫、花草树木。俳句的使命就是要从这些事物之中搜寻出诗句来。虽然科学的力量在不断进步，但它与诗歌世界的关系却十分淡薄。描写人的文学当然很重要，但讴歌宇宙与自然界中诸多现象的诗歌也不可小觑。如此美丽的山川云雾、禽兽鱼虫、花卉草木，构成了纬线，而春、夏、秋、冬四季则构成了经线。这样，经线与纬线就织出了一个锦绣般的新天地。我们的俳句之道，就是寄情于天地之心，用来描绘天地间美景的大道。"

俳句虽然只有十七个假名，但绝非是雕虫小技，而是蕴含了宇宙万物与大千世界的广阔天地。俳句之道，就是人间大道。

虚子在本书中反复强调俳句创作的"花鸟讽咏""客观写

生"的重要性。这是俳句艺术的重要传统，也昭示着俳句发展的正确方向。他还从哲学的高度来探求生与死、艺术与人生等大问题。此外，虚子将俳句文学与和歌、绘画、雕塑、戏剧等形式的艺术进行了比较研究，来探讨俳句的真谛。

一百多年来，虚子先后出版了一系列俳句读物，特别是这两本入门书，回答了有关俳句根本性质的问题，奠定了现代俳句普及与发展的基础，不愧是近代俳句史上的两座纪念碑。

在一个多世纪中，虚子一家四代都投身于弘扬民族诗歌俳句的事业之中。虚子1898年接手杂志《子规》，1951年患上了轻微的脑血栓后，他便将主编一职交给了长子高滨年尾（1900—1979）。1977年，年尾因脑溢血卧床，主编工作又交给了二女儿稻畑汀子（1931—2022）。1979年，父亲去世，汀子正式成了全日本最大的俳句杂志《子规》的主编。1987年，汀子创办了日本传统俳句协会，亲自担任会长，更加旗帜鲜明地坚守芭蕉、子规以来的传统。1998年，汀子出版了《俳句入门》一书，专门为俳句的初学者指明道路。2013年，年事已高的汀子将杂志传给了儿子稻畑广太郎（1957— ）。

而虚子的二女儿星野立子（1903—1984）也是一位极有天赋的俳人，1930年就创办了俳句杂志《玉藻》，引导广大女性走上俳句吟咏之道。

到 2022 年 6 月为止，《子规》杂志已经发行 125 卷，共 1506 期，成为近现代日本文坛上历史最长、影响最为深远的俳句杂志。

还有一个重要问题需要我们来思考。那就是我们今天为何要来读虚子的这两本俳句入门书，又会有何种收获呢？

18 世纪工业革命以来，欧洲人提出了"征服自然"的狂妄口号，导致在经济高速发展的同时，自然环境被破坏得面目全非。今天，各国面对来自大自然的惩罚，这才如梦初醒。我国高度重视环境保护，提出"绿水青山就是金山银山"的口号，人类应当与大自然和谐共存，找到一条可持续发展的道路。

吟咏俳句，让人们关注大自然中的一草一木、一山一水，让人们学会善待万物，保障每一个生命的生存权利。热爱自然，就是创造健康人生、美好人生。不少人只关注经济和科技发展，却忽略了美丽的大自然。现在，生活在钢筋水泥的超大城市森林之中的人，有多少人还能认得上百种花草树木，叫得出上百种小鸟与昆虫的名字呢？俳句能够使我们亲近大自然，关心大自然。

天地之间，万物荣枯，四季嬗递，是按照宇宙自然的大法则、总规律来运行的。这个大法则、总规律，在中国哲学、中国的自然观中也有所体现。

中国古代哲学中，历来就有敬畏上天、人与自然和谐共生的思想：

老子曰："道法自然。"宇宙万物运行的大道，就是自然运行的总规律。道，必须合乎自然的根本法则。斗转星移，四季嬗递，生生灭灭，万物荣枯。

孔子曰："大哉尧之为君也！巍巍乎，唯天为大，唯尧则之。"他所说的对"天"的敬畏，就是敬畏天地，敬畏大自然。孔子还说过："《诗》可以兴，可以观，可以群，可以怨。迩之事父，远之事君，多识于鸟兽草木之名。"

这就是中国"天人合一"与大自然和谐共存的哲学思想。

日本民族历来具有学习先进文化、兼收并蓄的精神，同时又不乏独创性，将外来文化融入日本文化。俳句诞生于美丽的岛国日本，就是一个很好的例子。我们阅读俳句，不光得以欣赏日本文化、日本传统诗歌的特殊韵味，还能促使我们关注大自然、热爱大自然、感恩大自然、保护大自然。这就是我们今天阅读高滨虚子这两本俳句入门书的另一个目的。

刘德润

2022 年初夏于牧野古乡

目 录

何谓俳句

序言	3
第一章　总论	4
第二章　季题	23
第三章　切字	59
第四章　俳谐简史	83

俳句之道

序言	125
俳句之道	127
客观写生	144
花鸟讽咏	151

后生不可畏	156
再论客观写生	161
最为渴望是创新	167
一切皆是宇宙中的现象之一	169
其他文艺与俳句	172
传统流芳	174
杂感（一）	177
杂感（二）	181
我的座右铭	191
极乐之文学	195
三论客观写生	198
理论诞生于实践之后	200
俳谐九品佛	201
客观描写	204
客观写生与主观描写——致立子	207
立子的俳句（选录数句）	209

杂感（三）	213
笹子会诸君	216
地狱的背景	219
讽咏	221
寄希望于独具慧眼之士	225
忘掉了歌唱的金丝雀	227
俳人之间的心灵交流	228
何谓求道	233
求真	235
难解之俳句	237
和歌与俳句	239
俳句小议（一）	243
俳句小议（二）	246
俳句小议（三）	249
俳句小议（四）	251
答村冈笼月君	252

我对花鸟讽咏论充满自豪	256
寄语俳句杂志《青》	261
寄语北海道的俳人们（节选）	263
俳谐	266
参考文献	303

何谓俳句

这部小小的谈话录，曾以《六个月的俳句讲义》为题，刊载于《子规》杂志上，从大正二年（1913年）5月号开始连载。本讲义的主旨是为了说明"什么是俳句"这个问题。故如今，我将此讲义稿汇集成册时，改成了现在的题目《何谓俳句》。

序言

有不少人问我，"最近，我想要开始学写俳句，该如何去写呢"或者是"从现在起，我想开始创作俳句，我该如何去学习呢"，等等，有人还会提出与此类似的各种问题。特别是还有人向我发出邀请，想请我教那些文化程度低得多的小学生，给他们讲讲俳句的入门知识。这部俳句讲义就是为了回答以上诸多问题而整理成书的。

第一章
总论

本书针对的是那些对俳句尚一窍不通的人，以讲明概念为目的来谈俳句。本来，这部讲义最初的目标就是为初学者讲述俳句的概念。在这篇总论当中，我会将俳句概念归纳得更为精练，更加简明易懂。我的目的是为读者着想，让他们对俳句多多少少能增加一些亲近感。不过，即便是在那些处于初学阶段的人之中，也会有人读过一两本俳句书，或是有人已经吟咏过两三句俳句。对这部分人而言，总论所谈的内容他们应该早就相当清楚，我建议他们从第二章开始阅读为好。

读过这一章之后，那些迄今为止从未接触过俳句，尚属一无所知的人，我希望能让他们对俳句产生出一点温暖的感觉。如果能实现这一点，我写作本章的目的就算达成了。下一步，诸位将逐渐进入俳句创作阶段，我将从第二章开始，逐一讲述俳句创作的入门指南。

那么，"俳句"（亦称"发句"[1]）究竟为何物呢？

关于这个问题，我必须首先唤醒自己幼年时代的回忆——当我对俳句尚一窍不通时的一件往事。我的父母都喜欢写作由三十一个假名（日语中的音节字母）构成的和歌。我父亲手抄的书籍当中，有相当多的书是和歌之书。在我出生之前，在当地那些耳熟能详的谣曲之中，就编进了不少和歌。母亲对我讲述的童话当中，也有不少和歌，它们与引人入胜的故事相得益彰。其中有一篇七八岁孩子相互唱和、以和歌问答的故事。

故事具体是这样的：已经到了日暮时分，有个孩子还想去找别的孩子玩。但是，人家的大门已经紧闭不开。于是，他心中怀着不满的情绪唱道："咚咚咚，我敲门。你家就连旁门也不开。"屋内的孩子回唱道："妈妈已经睡下，正给婴儿喂奶。"如此这般，两人一唱一和，一问一答。

正因如此，从我呱呱坠地开始，和歌便与我亲密无间。但是关于"发句"，直到我十三四岁时都尚未听闻。我第一

---

[1] 俳句起源于多人集体创作的连歌，连歌的第一句被称为"发句"，后从连歌中独立出来。日本明治时代，正冈子规将其名称改为"俳句"。请读者关注从"发句"到"俳句"的发展历史。

次听到的俳句诗人的名字,是加贺千代,听闻的俳句如下:

朝顔に　釣瓶取られて　貰ひ水
牵牛缠吊桶,乞水求邻家。

这句俳句是我从母亲那里听来的,我记得母亲曾极力赞赏此俳句,说这是一句温情脉脉、令人感到亲切的作品。后来,在家附近的一户朋友家中,我提议大家一起来作和歌,那位朋友却建议一起来吟咏"发句"。当时,那位朋友的母亲也附和说,大家来作"发句"吧,并且露出一副思考推敲的神情。过了一会儿,这位母亲便吟出了一句:

朝顔の　蕾は坊の　チンチ哉[1]
牵牛吐花蕾,孩童小鸡鸡。

当我听到这句时,感到自己被戏弄了,那位朋友的母亲随意任性的作诗风格让我十分生气。当时我就想,无论"发句"的品格如何低劣,也不至于会是这般模样吧!我对这位母亲咏出的"发句"十分蔑视。

从那时算起,又过了两三年,在另一位朋友的家里,我

---

[1] 本句不是这位母亲的原创,而是她记忆中的江户时代的流行小说《假名文章娘节用》中的发句。

听到了俳谐师宝井其角的名字。这位朋友向我介绍了其角的名句：

> 我ものと 思へば軽し 傘の雪
> 飘来便归我，伞上积雪轻。

当时我就对此句很感兴趣，立刻记住了。

如果当时有人问我何谓俳句，我会如何回答呢？我想我只能这样回答：

> 俳句就是类似"牵牛缠吊桶，乞水求邻家"和"飘来便归我，伞上积雪轻"这样的句子。（1）

如果接着再问我俳句诗人都有谁的话，我只能回答：

> 有千代和其角两位。（2）

除此之外，我对俳句还是一无所知。如果那位提问者接着还要问我："俳句是由多少个假名构成的？"那我会怎样回答呢？我凭着自己记忆中仅有的一点印象，回想起我初次和家附近的朋友，还有他的母亲一起创作俳句时，扳着指头边数边写出十七个假名的情景。于是我会不假思索地回答：

俳句是由十七个假名构成的。(3)

在以上的回答之中，(1)和(2)都是并不完美的答案。只有(3)才是规定了俳句存在的条件的、明确无误的答案。

一　俳句是由十七个假名构成的文学

我大约直到十七八岁时，才第一次有意识地去尝试着学习俳句。不为别的，原因之一是受到了子规居士的刺激。但是，当时我依旧认为如果将和歌与俳句进行比较，二者之间的区别就像是殿堂之上的贵人与市井之徒。和歌是优雅可亲的诗歌，而俳句则是卑下低贱的打油诗句。因此，我学习俳句并非是出于对俳句的尊重。说起我心目中的新文学，当时的明治时代新文学，不用说，那是尾崎红叶、幸田露伴崛起的时代。除了他们两位之外，山田美妙、森鸥外、村上浪六等人创作的文学作品也风靡一时。我心中的想法不过如此：我要追随他们去搞文学，那我首先就需要学习井原西鹤[1]。而根据当时的说法，要学习西鹤，必须先学习俳句。

---

[1]　井原西鹤（1642—1693），江户时代前期的小说家，本名平山藤五。作品主要描写当时的经济与市井生活，被誉为东方的巴尔扎克。他吟咏俳句以快捷著称，据说一昼夜曾吟出了两万余句。

但是，当我后来从子规居士那里借阅了若干册俳句书籍，又多少了解了一些俳句的历史后，对于"何谓俳句"这一问题，我的回答便不得不开始逐渐发生变化。也就是说，我已经弄明白了，所谓俳句，除了"牵牛缠吊桶，乞水求邻家""飘来便归我，伞上积雪轻"之外，还有各种各样风格的作品。

我先来举几个例子吧。

鶏の　声も聞こゆる　山桜
我赏山樱处，亦闻啼鸣声。　　　　　　　凡兆

湖の　水まさりけり　五月雨
湖水悄然涨，五月梅雨中。　　　　　　　去来

荒海や　佐渡に横たう　天の川
海浪高，银河横挂佐渡岛。　　　　　　　芭蕉

舟人に　ぬかれて乗りし　時雨かな
轻信船家语，登船遇冷雨。　　　　　　　尚白

偶然之间，我遇上了诸如此类的俳句。将其与"牵牛缠吊桶，乞水求邻家""飘来便归我，伞上积雪轻"等俳句进行

对比后，当时我那幼小的心灵也开始明白，二者之间的韵味是多么不同。

可是，这并非是说我被这些俳句感动了。回顾起当时的心情，是我以前对俳句大体上的固定认识在顷刻之间崩溃了，心中有些忐忑不安。我记得自己当时失去支撑、无依无靠的心情。

要问这是为什么的话，我认为"牵牛缠吊桶，乞水求邻家"这样的俳句，出色地描写出了人情。说起人情，那是表现出来的一种就连妇女儿童也完全懂得的温柔之情。作者清晨起床一看，一夜之间牵牛花的藤蔓长得很长，将井上打水的吊桶缠绕起来了。如果要将牵牛花的藤蔓扯下来的话，它就太可怜了。那就任凭牵牛花的藤蔓自由自在地生长吧，自己只好到邻居家去讨来井水做早饭了。在这句俳句之中，作者那颗爱怜牵牛花的心，在读者心中引起了强烈的共鸣。正是这一点让此俳句于当时名扬天下，其中的感伤之情以极其强烈的色彩表现了出来。另外的一句"飘来便归我，伞上积雪轻"，在人情本[1]中被引用，在三味线歌谣中也被广为吟唱，因此也特别有名。它会被人情本引用，又被收入三味线歌谣而吟唱，毕竟还是由这句俳句的性质所决定的。依然是因为它能够为妇女儿童所理解，蕴含温情，富于人情味所致。

---

1 人情本：从江户时代文政年间（1818—1830）到明治时代流行的一种风俗小说，主要描写江户市民的恋爱生活。

这构成了这句俳句的生命。其实，其角写的原句是"我雪と思へば軽し　傘の上"（积雪属于我，伞上何轻盈）。而收入三味线歌谣中的作品，是经过了后人改写，故变成了今天我们所见的样子。经过修改的诗句，变得更加通俗易懂了。

但是，我们读这类俳句时所获得的对俳句的大致理解，在我们接触到前面作为例句列举出来的凡兆等人的作品时，又不由得要打一个问号了。要问这是什么原因，是因为这些俳句之中不存在丝毫的人情味，也丝毫看不见能够引起我们心灵颤动的优雅韵味。上一代的落语[1]大家古今亭今辅，他端跪于高座之上，在唱起三味线歌谣中的"飘来便归我，伞上积雪轻"之前，总会先尝试着在口中轻声吟唱两遍。他常常会满怀深情地感叹道："俳谐师吟咏出来的诗句总是那么温情而优美啊。"但是，这样的感人风格在前面列举出来的四句俳句中，我们却一点儿也见不到。

于是，面对"何谓俳句"这样的提问时，便不能再莽撞地轻易作答，不能仅仅举出"牵牛缠吊桶，乞水求邻家""飘来便归我，伞上积雪轻"的例子来回答说："这就是俳句。"

前面已经讲过，"俳句是由十七个假名构成的"，只有这一条是不可动摇的准确回答。但是，这仅是从形式上做出的回答。这里，要是再次对我提出"何谓俳句"这样的问题，

1　落语：日本的曲艺之一，类似于中国的单口相声。表演者身着和服，手拿折扇，跪在坐垫上表演。

那就要从内容角度给出回答了。

若只看"牵牛缠吊桶，乞水求邻家""飘来便归我，伞上积雪轻"等俳句的话，或许我可以立即做出回答：

俳句是歌唱脉脉温情的诗歌。（4）

但是，若表示不可以仅根据对这两句俳句的印象来回答，那么就需要进一步吟味其他类型的俳句，即类似前面列举的四句俳句的内容，将它们也作为参考。

在吟味以上四句俳句的内容之前，原先我除了加贺千代、其角这两位俳谐师，实在是无法列举出其他的俳句诗人。如今，我至少还能够举出野泽凡兆、向井去来、松尾芭蕉、江左尚白等人。也就是说：

俳谐师之中，有加贺千代、其角、凡兆、去来、芭蕉、尚白等人。（5）

对此，其实我还可以进一步进行如下说明。如果只是像（5）一样，只是将俳句诗人一一列举出来，那么就无法知道他们之中谁早谁晚，也无法了解他们之中谁更伟大谁不伟大。其实，俳句诗人中最伟大的一位，当首推芭蕉。

> *说起芭蕉，拿净土真宗来打比方的话，他就是亲鸾圣人；拿日莲宗来比喻的话，他就是日莲上人。（6）*

如上所言，芭蕉在俳句界中是被当成祖师爷一般受人尊崇的人物。今天的俳句更可以说完全是靠着芭蕉之力而形成的。前面列举出的其角、凡兆、去来、尚白四人，都是芭蕉门下的主要弟子，他们与芭蕉一样，都是元禄时代，也就是距今[1]二百多年前的人。只有加贺千代是生在他们之后，是距今一百多年前诞生的人物。芭蕉除了前面举出的四位俳句诗人（以下亦可称为"俳谐师"）之外，还有许多杰出的弟子。后来，在加贺千代之后也涌现出了许多优秀的俳人。要是把他们的名字于此罗列出来恐怕会引起认知上的混乱。有关他们的情况，将在后面分门别类地在不同的章节中进行讲述。另外，在前面列举的俳谐师之中，加贺千代由于是一位女性俳谐师，加上如前所述，她吟出了饱含人情味的俳句，故名噪一时。但是我又想，那些与我一样，由于读到了千代的那些通俗易懂的俳句，由此开始接触俳句的人，应该不在少数。

到此，将闲话打住，我想在这里先下一个结论。

---

[1] 此处"距今"指高滨虚子写作时。后文加贺千代处同。——编者注

二 俳句是由松尾芭蕉创立的文学形式

我终于要开始与大家一起品味俳句的内容了。

说"品味"俳句的内容,可能会让人觉得这是一个至难的话题。但其实可以用一句平易近人的话来解释:俳句之中,有哪些值得品味的地方?又要读懂哪些诗情画意?不过就是诸如此类的问题罢了。根据前述的"一"与"二",我们只知道"俳句是一位名叫芭蕉的人,在二百多年前创立的"[1],以及"俳句是由十七个假名构成的文学"。但我们尚不明白,要品味出怎样的韵味才算读懂了。让我们从前面列举出的那四句俳句开始品读吧。

俳句"牵牛缠吊桶,乞水求邻家"也好,"飘来便归我,伞上积雪轻"也好,对那些完全不懂俳句的人而言,只要稍作讲解,他们就能立即明白其中的韵味。但若是前面列举出来的另外四句俳句,如果不是多少接触过俳句的人,便很难马上理解。甚至也许单凭一己之力,不但无法懂得其中的诗味,就连整句诗说的是什么也会感到莫名其妙。其实,当我初学俳句之时,我也是完完全全处于那种状态之中的。那么,今天我就以对当时的我进行讲解的感觉,来进行一番说明吧。

---

[1] 松尾芭蕉(1644—1694),他去世那年距高滨虚子的俳句讲义开讲的时间(1913年)相差219年。

首先，我想从俳句的含义开始说起。

　　鶏の　声も聞こゆる　山桜
　　我赏山樱处，亦闻鸡鸣声。　　　　　　　凡兆

这一句诗吟咏于前往人迹罕至的深山赏樱之时。说起"山樱"，也许会有人解释说，这是樱花的一个品种。但是在俳句中，"山樱"一般指的是生长在深山之中的樱花。此俳句的含义是：前往那寂寥冷清、远离村落的深山去赏樱，诗人认为这一带已经没有一户人家了，没想到竟然听见了鸡鸣之声。那么，再往前走下去的话，不知道在什么地方就会有农舍出现呢！

下面一句：

　　湖の　水まさりけり　五月雨
　　湖水涨，五月绵绵梅雨中。　　　　　　　去来

这一句说的是：农历五月的绵绵梅雨，一直飘洒不停。有一天，诗人来到琵琶湖一看，周长七十余日里[1]、像大海一样浩渺的琵琶湖的水位也明显升高了。

---

[1] 1日里约3.9公里，70余日里大约有将近300公里长。

我们再看下一句：

　　荒海や　佐渡に横たう　天の川
　　海浪高，银河横挂佐渡岛。　　　　　　　芭蕉

　　日本的北方之海巨浪滔天。那一年秋天，芭蕉来到这片波涛汹涌大海旁的海滨小镇。到了夜里，他抬头遥望苍穹，在秋天万里无云的夜空中，银河横空出世，好像是正在朝着远远的海面上的佐渡岛奔流而去。芭蕉捕捉到这宏大的景观，吟出了此句。

　　再看下一句：

　　舟人に　ぬかれて乗りし　時雨かな
　　轻信船家语，登船遇冷雨。　　　　　　　尚白

　　此句的创作地点不明，我们姑且假设是在近江国（今日本滋贺县）的矢走渡口吧。这句俳句讲了这样一件事：当时空中已有几处显示出即将降下初冬冷雨的动静，但时而又会变得明朗起来，天气似乎就要变好。诗人江左尚白问船夫是否会下雨，船夫漫不经心地回答说："啊，没关系的。"他听信了船夫的话，便登上了渡船，刚刚来到湖心，突然之间，天色巨变，刹那间就唰唰地下起了冷雨。早知道会遇上冷雨，

他就不会在这里登船过渡口，而是绕一点远路，赶到濑田[1]去了。他感到自己被船夫的话骗了，身不由己地登上了渡船。

这样解释一番的话，便能够对每一句俳句的意思都轻而易举地弄个明白。但是，对于初次接触俳句的人而言，心中同时还一定会冒出一个巨大的疑问来。为何这样断言呢？比方说，我们来看看第一句。尽管前面的十二个假名"鶏の声も聞こゆる"（亦闻鸡鸣声）与后面的五个假名"山桜"（山樱）之间，没有任何连接的语汇，但正如前述，可以解释出——"前往那寂寥冷清、远离村落的深山去赏花""诗人认为这一带没有一户人家"，还有"往前走下去，不知道在什么地方就会有农舍出现呢！"这些意思。有人会认为，我做出这样的解释，简直令人不可思议。其余三句的情况也是如此。

但是，如果进一步深入了解俳句就会明白，这样的情况在俳句中非常普遍。如果你要对这一点揪住不放，感到奇怪的话，反而会让人觉得你有些不通情理。也就是说，第一句俳句中的"山樱"一词给人留下的意象，与"亦闻鸡鸣声"这一话语所包含的概念结合起来，在二者之间尽量多地去进行联想，就能将如同我在前面讲述的那种意义传达给读者。如果这不是一句俳句，而仅仅是普通散文中的一句话，"山樱

---

[1] 濑田：琵琶湖南部的渡口，"濑田夕照"为近江八景之一，也是古代和歌经常赞美的风景名胜。

也听见了鸡鸣",读到这里,就无法明白这句话说的是什么。其中既无主语,也无宾语[1]。这会让人疑惑不解,如何听得见雄鸡的鸣叫声呢?还有,山樱怎么会听见鸡叫呢?这只会是一句让人觉得莫名其妙的话。

这里,我们必须了解这一常识:

我们要有这样的心理准备:解释俳句时,需要一种不同的思路,这不同于理解散文中的一句话。(7)

也就是说,阅读散文时要尽量充分依靠文字,考虑它们之间的意义上的联系;而在俳句中,因为诗人惜墨如金,使用的是尽量简洁的文字,这就有待我们去联想更加丰富的内涵。

有关俳句的叙述方法,我考虑在别的章节中讲解。这里,就这样先打住吧。那么,我在前面解释过的四句俳句,从整体上来看,它们表现的是什么呢?换句话说,这四句俳句的诗意又在何处呢?如何品味俳句的内容,这正是本章的本来目的,那我们就马上进入正题吧。

这四句俳句与"牵牛缠吊桶""飘来便归我"这样吟咏人

---

[1] 日语的"听见"(聞こゆ)是自动词,听见的对象语(汉语中叫宾语)用"体言(即名词)+主格助词'が'"来表示,因此这段话也没有宾语。而汉语的"听见鸡鸣"中的"鸡鸣"就是宾语。

情味的作品不同，我认为它们都是描写景色与事实的俳句。更加严密一点来讲，在这四句俳句之中也包含着感情。另外，"牵牛缠吊桶"之中也有景色。但我认为，二者的着重点不同。"牵牛缠吊桶"这样的俳句写到作者无奈只好到邻家去索要生活用水，其中表现出了让妇女儿童很快就能感受到的强烈情感，另外的四句俳句却无法让人刹那间就能深受感动。我只能这样解释，作为一种余韵悠远的诗意，它们之中都包含有一颗爱好闲寂境界的心、憧憬着宏大景观的心，或是充满着洒脱的心。但是，那是隐藏在这四句俳句背后的余韵悠远的诗意。从俳句的字面上来看，都只不过是描绘了某种事实而已。这里，如果你对这些俳句所表现出来的光景与事实都不感兴趣的话，也许会说："这是什么呀？真无聊。"而即便是对以上四句表现出来的光景与事实都感兴趣的人，本来就是在"牵牛缠吊桶"等俳句中品味出了诗意，期待着在这四句俳句中也能得到同样的感动。我想，大概他们会大失所望吧。我在前面说过，当时我读完这四句俳句，顿时感到有点无依无靠。也就是说，我们想从这些俳句中找出人情味，却无法办到。转而想探寻写景叙事的味道时，我们的内心素养又不够用。

可是，一旦发现了这一点，你就会有一种在漫漫长夜之后，突然迎来拂晓的心情。"是吗？原来俳句就是这么回事啊！"你会体会到一种第一次拿到宝库钥匙一样的快感。本来，俳句中有类似"牵牛缠吊桶"那样以人情味取胜的俳句。另外，俳句还包含着各种纷繁而丰富的种类。不能说只读了这几句俳句就算是立刻了解了俳句的全部了。不能将那句"牵牛缠吊桶"当成俳句的全貌，与这句短诗相比，俳句的世界是无比广袤的。我在前面就说过，芭蕉是俳句之道的祖师爷。我们可以这样看问题，这位祖师爷，还有围绕在祖师爷身边的具有大智慧的俳谐师们创作的作品，的确向我们指明了俳句的大道。于是，我们又能得到下一个结论了。

三 俳句主要是写景的文学

在前面所列举出来的所有俳句，都吟唱了春、夏、秋、冬四季之中的某一季节。"牵牛花"是秋天，"雪"是冬天，"樱花"是春天，"梅雨"（五月雨）是夏天，"银河"是秋天，"冷雨"（时雨）是冬天。

可以说，这些引号中的词汇都是"季节性的词语"。也就是说，俳句一定要将不同季节的景色吟唱出来。这正是俳句的头等大事，必须进行详细的论述。本书也会开设一个专门的章节来进行论述。在这里首先将这一点作为一个结论来告诉大家。

四 俳句一定要咏进某一季节的景物

下面的重点是，俳句之中还要有"切字"，我们来看看前面列举出来的俳句吧。

朝顔に　釣瓶取られて　貰ひ水（无切字）

我ものと　思へば軽し　傘の雪

鶏の　声も聞こゆる[1]　山桜

湖の　水まさりけり　五月雨

荒海や　佐渡に横たう　天の川

舟人に　ぬかれて乗りし　時雨かな

上面的俳句中，凡是带有下圆点的都是"切字"。这样的"切字"在大多数的场合下，是俳句中不可或缺的。有关"切字"，我将在另一章节中进行论述，因此在这里先告诉大家结论吧。

---

[1] "聞こゆる"虽然是连体形，但并非是用来直接修饰后面的体言"山桜"。"聞こゆる"后面省略了体言"ところ"或"とき"。

五 俳句在大多数场合下，都必须有"切字"

我想，在结束本书的这篇"总论"时，必须收回我在前面说过的一句话——和歌就如同殿堂之上的贵人，优雅可亲；而俳句则像是卑贱的市井之徒。起初，在好长一段时间内，我很难抹去这一印象。但是，随着我对芭蕉等人的俳句抱有的亲近之感日渐深厚，我便无法将俳句看成卑贱之物了。与三十一个假名构成的和歌相比，用十七个假名吟咏出来的俳句只是毫无品格的一种诗歌形式，这样的感觉不过是传统的肤浅见解罢了。俳句的文学价值，并非是你带着一种浅薄的态度就能轻易判断出来的。

俳句作为文学的一种，是非常出色的诗歌，只要对俳句稍作研究，任何人都能明白这一点。（8）

第二章
季题

我写前一章的目的,是讲述有关俳句常识的大体概念,其内容十分简略。从本章开始,我将开始用详尽一些的讲述方式来继续介绍俳句。

"啊,太热了""啊,冻死人了",我们常常会发出这样的感叹来,也常常会将问候与祝福的话"早上好"或是"祝你平安"挂在嘴上,接着,还会使用"天气热起来了啊""天气变得寒冷了"这样的问候语。在信函的开头,也会接连写上几句有关时令季节的问候语。

时令季节与我们的日常生活有着十分密切的关系。从这些问候语当中我们就能知道,它们具有强大的力量,会决定我们某一天、某一时刻的心情。

俳句是最重视表现时令季节的文学形式。（9）

仅仅是这样说大家也许还无法明白我说这句话的用意。现在就让我来详细说明一下吧。

俳句的文学形式是：吟唱随着当下时令季节变化而出现的各种自然现象。（10）

不用说，时令季节分为春、夏、秋、冬四季。在这里，我举例来谈一谈随着春天的来临而发生的一个自然现象吧。首先，迄今为止还刮着刺骨的北风，但不知不觉之中，寒风就变成了带着暖意的东风。"开始吹起东风"，即是随着时令变化而发生的一种自然现象。这是属于天文[1]方面的现象。

还有，春天一到，原本干涸封冻、被寒冰覆盖的沟渠与河流，不知不觉地就会开始雪化冰消。我们的心情也会发生变化，河流的水量一点点增加，沉在水底的尘芥也会漂漂荡荡地浮上来。

在俳句中，这种现象叫作"水温む"（河水、池水变暖），也是一种随着时令变化而发生的自然现象。这是属于地理方

---

1 本书中的"天文"一词，并非指天文学相关知识，而是指由于日月嬗递，五星运行而发生的一年四季的各种自然现象。

面的现象。

还有,从秋天到冬天,一直有许多小鸟惊慌忙乱地叫个不停。但是,春天一到,我们就能听见,在众多小鸟的鸣叫声中,有时会交织进一声悠扬的啼鸣。那是自古以来被和歌诗人屡屡赞美的黄莺在歌唱。黄莺开始啼鸣,也是随着时令变化而发生的自然现象之一。这是属于动物方面的现象。

另外,原本除了常绿树之外,万木千草都呈现出一片萧条景象,让人甚至怀疑它们是否已经悉数枯死了。此刻,春天一到,在一根枯木的枝头,突然露出了洁白的梅花花蕾,还开始吐露芬芳。这梅花绽放,也是随着时令变化而发生的自然现象之一。这是属于植物方面的现象。

还可以发现,春天一到,不知从何时起,就会看见有风筝在辽阔的天空高高地飞舞。同时,在迄今为止被抛在一边的田野之上,会星星点点地闪现农夫的身影。那是因为他们到了"彼岸"(春分)就要开始播种,此刻正在田地上翻土。在俳句领域中,这叫作"畑打"(翻土、耕田)。这种称为"畑打"的劳作,也是随着时令变化而出现的现象之一,这是属于人事方面的现象。

秋天,我们常说"釣瓶落し"(秋天日落)。那是我们感到进入秋天后,刚刚到了日暮时分,天马上就黑了下来,白天渐渐变短了的意思。一旦进入冬天,白昼变短的现象更加明显。到了下午五点钟,如果不点亮灯,身边就会变得黯淡起来，让人无法工作。而过了白昼最短的冬至这一天，就会出现相反的情况，白昼会一天天变长，逐渐迎来春天，人们的心情中就会有了"日永"（白昼变长，春日迟迟，源于《诗经·唐风·山有枢》中的"永日"）的感觉。不用说，白昼最长的一天是"夏至"，而就像前面所说的秋天日落那样，突然之间，那种白天突然开始变短的感觉，与冬至当天相比，秋天给人的感觉更加强烈；春天里白昼变长的感觉，也会比夏至当天给人的感觉更明显。因此，在俳句中，特意将发现春日白昼变长的感觉叫作"日永"。

关于"日永"，不进一步详细说明的话，总会让人觉得语焉不详。但是，现在就来说明，反而会让人头脑混乱。那这个问题就放到后面再谈吧。（11）

这种"日永"的现象，也是随着时令变化而出现的现象之一。但是是无法收入天文、地理、动物、植物、人事等分类之中的现象。

以上，我只不过举出了一两个身边的例子，这样的例子其实不胜枚举。从上面举出的例子来类推，立刻就可以再举出若干。

我尝试着再多举出一些：

从"东风"开始类推：春风、春雨、霞、朦胧月等，这些都属于天文现象。

从"水温む"开始类推：融冰、春水、春山、春海等，这些都属于地理现象。

从"黄莺"开始类推：燕、云雀、蝶、蜂等，这些都属于动物现象。

从"梅花"开始类推：樱花、茶花、藤花、杜鹃花等，这些都属于植物现象。

从"畑打"开始类推：播种、嫁接、插木等，这些都属于人事现象。

从"日永"开始类推：悠闲、温暖、清朗、春夜等，这些是难于归入天文、地理、动物、植物、人事等范畴的现象。

尽管我如此这般不厌其烦地列举出以上现象，我想，在读者当中，或许有人能够立即进行同样的类推，但也有人不擅长做类推吧。不擅长归纳类推的人应该首先会对我发问："为什么要如此进行类推呢？"

概括地说，将伴随着时令季节而发生的各种现象进行分类，为的是便于大家理解。

属于天文的现象：在天空等处发生的现象。

属于地理的现象：在大地之上发生的现象。

属于动物的现象：在动物身上发生的现象。

属于植物的现象：在植物身上发生的现象。

属于人事的现象：与人们的行为、人体等有关的现象。

属于时令季节的现象：无法收入以上五个部类的现象。

以上，我姑且先将其分为六个部类吧。这并非是说仅限于以上这六个部类，如果想做更为细致的分类，便可以细分出更多部类。我只是为了简便易懂，故先将其分为六个部类。其中最后一项"时令季节"，将时令季节细分，由此出现了更多的"时令季节"，看起来有些奇怪吧。也就是说，无法归入天文、地理、动物、植物、人事这五个部类而剩余的词语，依旧归类于"时令季节"。其实，我是设置了一个更为狭义的分类。这样，我将此分类法当作一个基础。比如，与"东风"同属天文的，还有"春风""春雨""霞""朦胧月"，就是按照这样的方法类推出来的。

六 在俳句中，因时令季节变化引起的现象称为季题

下面，我将进一步说明俳句与季题之间的关系。

首先，俳句以外的文学形式与季题之间，存在着何种关系呢？对此有必要稍稍进行一番研究。

仅次于俳句，与季题有着密切关系的文学形式是和歌。试看按照"题目分类"编辑而成的和歌集，就会发现它们与俳句的分类一样，同样按"春之部""夏之部""秋之部""冬之部"，以四季来分类。但是，我们不能忘记，与俳句的分类相比，和歌存在着两个显著的不同之处。

其一，俳句集中有"春之部""夏之部""秋之部""冬之部"这四大部类，此外偶尔还会有"新年之部"，但"新年之部"一般被划入"春之部"或"冬之部"之下。除此之外，就再没有其他部类了。而和歌集绝非是仅有四季分类就算万事大吉的。假如一部和歌集总共有五册，那么开头的两册会是"四季之部"，下面的两册会是"恋歌之部"，剩下的最后一册会是"羁旅之部"，或是"无常之部"等，和歌集的编者会将性质不同的和歌混杂在一起。这种现象证明，从某种意义上而言，和歌与四季，即时令季节之间，有着深厚的关系。但是，还存在着与四季毫无关系，却也能独自成立的"恋歌""羁旅歌""无常歌"等性质的作品。这些和歌强烈地刺激着人们的感情，却不需要季题。而俳句，除了按照四季分类的作品之外，不会有别的部类的俳句存在。即便是吟咏"恋情""羁旅""无常"等主题的俳句，也必定要将季题加入其中。

关于这一点，在和歌方面，我就拿大家熟识的《小仓百人一首》[1]和歌集中的作品为例，来进行说明吧。

> 秋の田の　刈穂の庵の　苫を荒み
> 　我衣手は　露に濡れつゝ

> 秋来田野上，且宿陋茅庵。
> 夜半湿衣袖，瀼瀼冷露沾。　　　天智天皇

> 春過ぎて　夏来にけらし　白妙の
> 　衣ほすてふ　あまのかぐやま

> 春尽夏已到，翠微香久山。
> 满眼白光耀，闻说晒衣衫。　　　持统天皇

其中有下圆点的都是季题，它们应该被划入按四季分类的和歌。但是，我们再看：

---

[1] 《小仓百人一首》：由藤原定家选编，成书于镰仓时代初期（1235年）。该书从万叶时代直到镰仓时代初期的600多年间，选出一百位和歌作者，并只选其一首作品，故有此名。在日本流传颇广，堪比中国的《唐诗三百首》。

夜をこめて　鶏の空音は　はかるとも
　世に逢坂の　関は許さじ

夜半学鸡鸣，心计费枉然。
空言难置信，紧闭逢坂关。　　　清少纳言

玉の緒よ　絶えなば絶え　ねながらへば
　忍ぶることの　弱りもぞする

郁郁相思苦，自甘绝此生。
苟延人世上，无计掩痴情。　　　式子内亲王

这些恋歌，是无法将其归入四季的分类之中的。但如果是俳句的话：

紅梅や見ぬ恋つくる玉簾
紅梅催恋慕，玉帘藏佳人。　　　芭蕉

短夜や伽羅の匂ひ胸ぶくれ
伽罗香、良宵短，胸中苦别情。　　　几董

像这样吟唱恋情的俳句，也一定要将季题写进去。我来简单地解释一下这两句俳句的意思，研究一下在这两句恋情题材俳句中，季题占有何等重要的分量。

芭蕉的俳句说的是：在一家宅院之中，红梅盛开，展现出艳美的色彩来。隔着庭院，对面的闺阁门上垂着玉帘，屋内好像有一位佳人。她的容貌如何？诗人苦于无法前去一窥芳颜，这反而引发出了无限爱慕之情。

几董的俳句所吟咏的是一对两情相悦的男女，在一个"短夜"，即短暂的夏夜里幽会。夏夜总是很快就会过去。前面讲到"日永"时已经提及夏天的白昼漫长，也就意味着夏天的夜晚也最为短暂。清晨四点多钟，天就开始亮了。因此，在俳句中将夏夜称为"短夜"。男女相会，按照当时"访妻婚"[1]的婚恋习俗，到了第二天凌晨，这一对恋人就一定要依依不舍地分别。分别后的清晨，男子会回忆起昨夜幽会时，屋内飘散着的那阵阵令人恋慕、怀念的伽罗香。那缥缈的香气反而成了让人满怀忧愁的诱因了。

上面两首和歌中的"恋歌"，只是直接宣泄恋情，并未叙述出任何事实。但是，这两句吟咏恋情的俳句在直抒感情的同时，还叙述了若干事实。第一句中讲述了庭院中有红梅

---

[1] 访妻婚：日本古代从男女幽会起，直到结婚之后夫妇都不同居，妻子一直住在娘家，丈夫以访客身份常来光顾。直到镰仓时代（1192—1333），日本才开始流行"娶妻婚"。

盛开，院内对面的玉帘低垂。第二句描述出夏夜幽会，凌晨离别，伽罗香料散发出阵阵幽香。

是否描绘了这样若干的事实，正是前面列举出来的和歌与俳句的极大差别。同时，我们还需注意，俳句描述出的大部分事实，都是由"红梅""短夜"这样的季题来表述的。

> 和歌之中还有并不属于"四季之部"的"恋歌之部"，俳句之中却没有。(12)

在俳句中，即便是吟咏恋情的"恋句"，也必须写进季题，同时这句俳句也包括在四季的部类之中。我们将和歌与俳句进行对比时，会发现两者之间这一显著的不同之处。

和歌还有一个显著的特点。在和歌中，对于"雪""月""花"等这类在季题中重要性数一数二的词汇还要进行更加细致的再分类。比如"花"，就还要将其细分为"高岭之花""水边之花""飘落之花"等。而有些较为罕见的季题，之所以说它们罕见，是从和歌的角度上看显得罕见，从俳句的角度来看，一点也不稀罕。但在和歌中这类罕见季题的确只是屈指可数的寥寥数语。

举例来说，这样的季题有：

> 春雷、融雪、告别之霜（日本晚春时节的最后一

次降霜）……属于天文的季题（与天文现象的意义相同，以下例词亦应按此方法来理解）。

春冰、春潮、山笑……属于地理的季题。

鸟巢、蚕、蚬贝……属于动物的季题。

辛夷、繁缕（鹅儿肠）、蕗薹（款冬薹）……属于植物的季题。

初午[1]、蓬饼[2]、出代[3]……属于人事的季题。

二月、三月将尽、夜半之春……属于时令季节的季题。

根据这些季题来对和歌进行探究的话，相关作品我想应该没有多少。比方说，和歌中有以"繁缕"为题的作品，前面肯定有诸如"某君献上咏唱繁缕之歌"的序言，所作和歌也会被看作一位好事者半开玩笑吟咏出来的。

> 但是在俳句中，以上我列举出来的季题都是极其普通的季题。伴随着时令季节变化，我们眼前发生的一切现象，都是季题。俳句即带有这样的倾向：任何事物都可当成季题材料，以此创作诗歌。(13)

---

[1] 初午：二月的第一个午日。相传是日本京都伏见稻荷神社的神灵降临的日子。这一天是日本全国稻荷神社祭祀蚕与牛马的日子。
[2] 蓬饼：加上捣碎的艾蒿嫩叶制成的糯米糕，也叫草饼。
[3] 出代：契约期满的用人离开主家，新雇的用人开始来上工的日子。

> 特别要指出的是，在今天的俳句创作活动中，这种倾向越来越明显。(14)

但是，我并非是想利用这一点来贬低和歌，抬高俳句。可以说，和歌反而正因不赋予季题重厚的内涵，而在别的方面具有魅力与长处。我只是将和歌的这种性质与俳句进行对照，目的是想明白无误地表明，俳句与季题有着特别深厚的关系。

接着，下一步我可以去研究和歌以外的文学与季题的关系，并且很快就能得出结论：只有俳句与季题之间具有最重要的关系。但是，这个话题谈论起来会过于烦琐，还是省略为好。因此，我只想说这么一句话：可以断言，和歌以外的各种文学形式与季题的关系，都没有俳句与季题之间那么重要而密切。除去一部分汉诗，还有都都逸[1]、端呗[2]、川柳[3]，它们原本就与季题无关，甚至长诗也好，小说也好，都与季题没有关系。我这样说，是无可非议的。

---

[1] 都都逸：江户时代的一种通俗流行歌谣，不用雅言，主要用口语吟唱男女恋情，以7—7—7—5的句式反复吟唱。
[2] 端呗：江户时代的一种三味线歌谣，形式自由而富于变化。
[3] 川柳：江户时代中期开始兴盛的以17个假名构成的短诗。它不同于俳句，不用季语、切字，多用口语，对人世间的缺陷、不合理现象进行讽刺，江户时代末期演变出"狂句"。

将俳句与其他文学体裁比较的话题，就此打住吧。接下来，我想举出具体例子来说明，季题是以怎样的形式吟咏到俳句中的。

首先，从"天文之部"开始讲吧。为了不引起混乱，我就按照前面列举过的季题来选出例句：

東風吹くと　語りもぞ行く　主と従者
东风轻拂面，主公随从正交谈。　　　　太祇

此句的意思是：初春时节，一位主公与一位随从，结伴而行，来到外面。此时刮起了柔和的东风，与迄今为止的北风不同。这时，他们说道："已经开始刮起东风了。""的确如此，照此情况下去，马上就会暖和起来。"就这样，他们一边交谈，一边行走。

主公与随从边走边谈，若只是这样，大多数人并不会在意。事实上，主从二人一面谈话，一面行走，只是这样也确实没什么特别的趣味。但是，一旦双方谈起了"东风吹拂"这样的话题，突然之间，就会诞生出一种趣味。我之所以这么说，不仅仅是由于这个话题本身可以引发兴趣，而且这句话还可以让我们想象，他们主从二人走在早春的郊外（或是街头），有东风吹拂在他们的脸庞之上的景象。由此，单是主从二人一面谈话，一面行走，这样本身并无趣味的事实，

添上了浓厚季节时令的趣味效果。也就是说，本句自然而然地以季题作为话题，实际上充分发挥出了季节感的功效。

前言：京都之西，有一座妖怪长期居住之荒废房舍，如今却不见踪迹。

春雨や　人住て煙　壁を洩る
炊烟飘墙外，春雨掩人家。　　　　　　芜村

因为本句附有前言，其含义无须我在此赘言，各位应该也能明白。但是，我照例还是要简要解释一番。前言中说：京都西部有一座院落，人称妖怪屋，久已无人居住，荒凉不堪。时至今日，妖怪传说早已烟消云散。芜村的俳句中则说：相传曾是鬼屋的院落，如今其中已经有人居住了。你看，屋内有人煮饭炖菜，有炊烟从墙壁的缝隙中飘散出来。但是，仅仅这样来解释的话，还没有对开头的"春雨や"（はるさめ），这个俳句的"初五字"进行说明。不过，就算没有"初五字"，单凭前面较长的序言，也能让人想象出一个引人入胜的有趣故事来。但我的意思绝非是说没有前面这五个假名效果会更好。

正如大家所见，本句的"初五字"是"春雨や"。我在对"春雨や"包含的诗兴进行说明之前，我姑且先将它替换成"夕立や"（夏天黄昏骤雨）、"秋雨や"（秋雨），"時雨る

しぐれ"（初冬冷雨霏霏）等其他的字眼，来试一试吧。

也就是说，我们来考虑一下，就前面讲述的景致，什么时令季节的雨中情景最有趣呢？

首先，假如我们将这场雨设定为夏天黄昏的骤雨，就会让人想起一阵猛烈的骤雨从天而降，随后天空立即放晴的样子。这样的俳句主要会有一种轻快的感情充盈我们的心境，那么，原来这座房舍中曾有妖怪居住的阴森森的感觉就会被冲淡。

其次，我们再将"春雨"替换为"秋雨"来看看吧。以秋雨寂寞、万物萧条的气氛为主的话，虽然能够让人充分感觉到浓重的阴气，但这样一来，不知为什么，就连从墙缝中漏出来的烟气也会带上鬼气了。于是会让人产生疑问，莫非现在居住在里面的已经不是人类，而是什么妖怪？

紧接着，我们再换成"初冬冷雨霏霏"，尽管依然会有森森阴气笼罩在我们的心上，但此时一种枯寂阴森的情绪会成为本句的基调。就连那墙缝中冒出来的烟气，不知为何也会让人觉得干燥无比，毫无润泽。这座房舍也好，妖怪也好，都会显得毫无生气，给人一种濒临灭亡的感觉。

那么，最后我们还是将其换成芜村原作中的"春雨"吧。与其他季节的雨水相比，春雨带有一种色彩最为浓艳的感觉，同时还会飘散出一股华丽的妖怪气息。我们再回到本句的解释上来，这座院落曾有着如此这般的传说，荒废不堪，而如今已经有人家居住，炊烟从墙缝中飘出来。这几股炊烟说明了居住在这座屋内之人的真实生活状况，将一种太平、富足的心情向外溢散。天上降落的雨水又是春雨，草木都要依靠它的力量来滋养。这是一场具有亲切之感、催生万物的慈祥之雨。那雨、那烟，还会像拥有生命的万物一样，和睦共存。我们可以做出这样正面的解释。从这一点出发来考虑，如果换成另外三季的"夏天黄昏骤雨""秋雨""初冬冷雨霏霏"的话，都完全不合适。可以说，只有"春雨"才最能体现对过去的鬼怪传说丝毫不介意的心境，可以让人完全放心，表明如今居住在此的一家人过着太平无事、安稳平和的日子。但由此，京都西部传说中的过去会变得过于遥远而渺不可忆；同时，因"春雨"用于充分描绘现在的情景，俳句前特意加上的长长的序言而想表达的妖气，也无法取得充分的效果。刚才我说过，"那雨、那烟，还会像拥有生命的万物一样，和睦共存"。而"夏天黄昏骤雨"也好，"秋雨"也好，那雨、那烟，都无法像拥有生命的万物一样和睦共存。只有"春雨"能够带给我们这样的心情，而浓厚艳丽的妖怪趣味，即蕴含在其中。

也就是说，本俳句在表现当今的平和光景的同时，也描绘出一种艳丽的妖怪气氛来。这一点正是这句俳句的生命所在。不用说，这也正是"春雨"这个季题所发挥出来的巨大作用。这一点我们千万不能忘记。

下面，我们再来进入"地理之部"。

日は落ちて　増かとぞ見ゆる　春の水
落日映春水，似见水位涨。　　　　　　　几董

这是在描写湖水、池沼，抑或是宽阔的河流的景色吧。因为恰逢春季，所以句中所咏的丰沛的大水，即春水。黄昏时分，太阳西沉，望着春水，会觉得水位正在不断升高。

诗人为什么会有水位正在不断升高的感觉呢？因为高悬的太阳正在一点点地落下去，看起来水位自然就会显得越来越高了。但是，更重要的原因是，由于太阳落山，光线越来越弱，由此引起了错觉。

可是，还需注意一点。"似见水位涨"，其含义是"要是你觉得水位正在不断升高的话，就会觉得水位会越来越高"，这是一句主观感觉很强的话。这一点正是本俳句的"诗眼"。本来，春水，就如同"春水满四泽"的诗句所咏唱的那样，充满了润泽之感。本俳句前面的十二个字"日は落ちて　増かとぞ見ゆる"，可以说，这是为了表现"春水"的特别性质而使用的语言。这样看来，此处的"春水"这个季题比前面两句俳句中的季题具有更大的分量。

けさ春の　氷ともなし　水の糟
今朝见春水，水糟也成冰。　　　　　　　召波

此句的意思是：一天清晨，在院中看见用石头凿成的洗手水钵或是大木盆中的水，已经变成了冰。春水结冰了，但结成的冰却非常薄，仿佛用手一碰，立即就会消失不见。这或许都称不上"春之冰"，毋宁说只能称为"水の糟"（像酒糟一样细小的冰渣颗粒）。

本句与前一句俳句一样，主要是吟咏"春之冰"的特性，作为季题的"春冰"，在此句中占有很大的比重。

有关季题用法的说明，我将从"动物""植物""人事""时令季节"之部中各选两句，引出结论之后，进行一段说明。因为我担心本段会过于冗长，便将这部分的内容放到下一部分。在这里我要先说明一下，上一部分中，我们又熟知了几位新俳人的名字，列举如下：

高井几董、炭太祇、与谢芜村、黑柳召波这四位俳谐师。（15）

这四位俳谐师都是距今一百多年前的人物，个个都是杰出的俳谐师。在前一章中，我举出了这条道上的祖师爷松尾芭蕉和他身边四位弟子的名字，我说他们都是二百多年前的优秀俳谐师。在这里举出的四位，却是一百多年前的杰出俳谐师。他们之中，炭太祇的年龄稍大一些，而说起艺术成就最高的，当首推与谢芜村，而高井几董和黑柳召波，他们都是与谢芜村的得意门生。

我有些担心，在这部短短的讲义中，对季题的说明是否会显得过于冗长，但是，面对"何谓俳句"这一提问时，我会回答：

俳句是吟咏季题的文学。（16）

我认为这样就可以了。即便是其余的内容可以再简约一点，但关于季题，却必须多费些口舌。希望大家能静下心来，仔细阅读这一部分。

在上一部分中我就讲过，在何种情况下季题都应该吟咏到俳句之中去。这也说明了季题，即"季语"的使用方法。我用实际的例句来进行了说明，但只讲了"天文"和"地理"。在这一章里，我要从"动物"开始讲起。

　　鶯の　身を逆樣に　初音かな
　　黄莺发初音，俯身向下鸣。　　　　　　其角

本句作者宝井其角的名字，前面已经出现过。

我们来看看吧，这一句与前面讲过的"春水"与"春冰"一样，是将"黄莺"当成季题来吟咏的。

在前面一章中，我已经稍稍做过说明，"黄莺"这种鸟

儿，与前一年的秋天就会飞到我们身边的——即候鸟——"三道眉草䳭""鹟""伯劳"等感觉完全不同。"黄莺"叫声是"咕噜呢喃"，到了初春才会发出此般不同于其他小鸟的鸣叫声。我们看见黄莺飞来，落在院子里的树枝上，它不停地鸣叫，好像是只有它自己最懂得春天来临的喜悦，轻快地飞来飞去。俳人其角捕捉到了这样的场景，吟出这句俳句：黄莺头朝下俯冲下来，发出了今年春天的第一声啼鸣。

"初音"一词常常用来描写黄莺，其中饱含着人们对这种鸟儿的期盼之情。冬天的严寒，谁都不喜欢。一旦到了寒气一天天开始消退的时节，人人都会在心中念叨："春天不远了！""春天马上就来了！"黄莺似乎最能理解人们的这种心情，它会率先叫出一声"咕噜呢喃"。人们盼望春天，故带着同样的心情来等待着黄莺的婉转歌声。不光如此，它那啼鸣声之中，具有一种流丽的音调，这与秋天的鸟叫声大不相同。所以除了期盼春天来临的心境外，因热衷风流韵事而变得形容枯槁的人更是会争先恐后地去聆听黄莺发出的"初音"，甚至成了好事者之间的一场竞争。那些平安时代的贵族，高居庙堂，饱食终日，无所事事，甚至将恋爱也视同于游戏。他们之中就会有人喜欢将黄莺发出的"初音"咏进和歌之中。和歌是俳句之父母，俳句则是从和歌演变而来的。因此在俳句之中，也自然而然地沿用了"初音"二字，其中包含"欣赏品味"之意也是不争的事实。

"初音"，可以理解为黄莺今年发出的第一声啼鸣，对于聆听者而言，也是今年第一次听见的"初音"。我今年第一次听见了黄莺的啼鸣，对我而言，这就是"初音"。这句俳句就是俳人其角在某一年第一次听见黄莺的"初音"后吟咏出来的。当时，黄莺将尾巴朝向天空，脚踏树枝，好像是将自己的身体倒悬起来，发出了鸣叫声。

我刚才说过，俳句脱胎于和歌；俳句中的"初音"这个词语，也传达出了诗人欣赏品味大自然优美景物的意思。但与此同时，在俳句中还加上了和歌中无法见到的一些特色。比如说，和歌中有：

浅みどり　春立つ空に　鴬の
　初音をまたぬ　人はあらじな

野原铺浅绿，天空漾春情。
初音何时有，人人盼黄莺。

这首和歌，主要是想表达聆听"初音"时的喜悦心情，但是——

在其角的俳句中，他的喜悦只是处于宾客地位，不如和歌中的欣喜那么强烈。其角主要采用了客观

描写的手法，来表现亲眼看到的黄莺发出"初音"时的身体姿态。（17）

也就是说，我们读到这句俳句时，便可以想象出画家描绘出来的黄莺形象：它俯下身子，好像是头朝下似的站在树枝上。本俳句主要描绘的就是黄莺的形象与姿态。关于这一点，我在前面一章中，对"恋歌"与"恋句"进行对比时就说过，"恋歌"直接倾诉恋情，而"恋句"在抒发恋情的同时，还要叙述事实。我在这里得出的结论与前面的结论是一致的。这就是我们将和歌与俳句进行大致对比时，一定会得出的结论。

鷲の巣の　樟の枯枝に　日は入りぬ
樟树枯枝筑鷲巢，日落山坳。　　　　凡兆

在本书中，野泽凡兆这个名字曾经出现过一次。

本俳句的含义是：在人迹罕至的深山里，鷲这种猛禽会将巢穴筑在樟树的枯枝上。凡兆看见，此刻在枯枝背后，正好有一轮春天的红色落日缓缓西沉。

樟树的叶子到了冬天也不会凋零，那么，为何会是枯枝呢？据精通植物学的人解释，常绿树有时也会与落叶树一样，树叶会落得精光，大多数情况是因为树木患病引起的现象。

即便是其原因并非如此，常常还会出现下述情况：鹭在大树上筑巢，这棵树从整体上说，长得是枝繁叶茂，但其中的某一根树枝因为鸟粪的覆盖而变成枯枝。我想，照后者的解释来理解这句俳句，是比较稳妥的。

野泽凡兆为何要特意将鹭筑巢的树枝写成枯枝呢？有人认为，不写成枯枝，而只是写成"树梢"的话，也许依然会是一句非常出色的俳句。但我认为，凡兆看到的，的确是枯枝吧。在这里——

我想对"写生"这一话题多说上一句。（18）

这句俳句的前面还有"前言"。其"前言"是这样写的：

> 吾从越国前往飞骅，那顶轻便轿舆之四周，皆为险峻山峰，吾徘徊于无路可走之崇山峻岭之间。

这段"前言"尚不具有足以增减本句价值的重要意义，所以在解释句意时并未列举出来。但为了表明本俳句是用"写生"之手法创作出来的，故于此处摘录。

也就是说，正如"前言"所描述的那样，一顶轻便的轿舆一路经过的都是险峻的深山小道。这时，凡兆在不经意之间突然看到，前面有一只鹭在樟树枯枝上筑起的窠巢，此刻又恰逢春天的太阳徐徐落下的时刻，他便将眼前的这一光景如实地描写出来了。我们常常惊叹：

大自然伟大而富于创造力，其变化神奇而莫测。与之相比，人类的头脑是多么渺小而单调。（19）

尽管这是一个会引发无数议论的话题，但各位读者有必要思考一下上述事实。

写生就是立足于这样一种信仰之上的，它将大自然视为伟大而富于创造性的存在。也就是说，吾等用渺小之头脑是无法思考出那样宏大而变化无穷的自然现象及大自然奥秘的。为了去发现那些富于变化的新事物，我们必须对大自然进行充分的观察与研究。这种来源于对大自然观察研究的俳句创作方法，称为"写生"。

我在前面讲过，其角吟咏黄莺的俳句，与单纯吟唱内心喜悦的和歌不同，俳句在形象的描写方面更胜一筹。可是，对黄莺"倒悬着身体"这样的描写，就像我当时讲过的那样，有关这个形象，已经有很多画家展开过研究了。这里，其角只不过是将无声的画面，翻译成了有声的诗歌。而凡兆吟出的这一清新俳句的诞生，更是完全脱离了旧的窠臼。这是在书桌上根本无法吟咏出来的"写生俳句"。其角的俳句，当时就让芭蕉等人感到惊叹并做出了这样的评价："晋子（其角）之俳谐伊达风流[1]，创意之功饶有趣味。"尽管如此，其角的俳句尚未达到脱胎换骨的高度，依然带有一股陈旧气息。而凡兆之句，则可称为大方清新，并且句中还处处透出大气，如果将其比喻为雕刻作品的话，凡兆使用凿子之类雕刻工具的刀法，简直是毫不拖泥带水，直抒胸臆。凡兆俳句的艺术魅力毕竟是来自"写生"的强大气势。

有关"写生"的话题，只要是篇幅允许，我想用专门的章节再加以论述。但是，"写生"不只是属于俳句的创作手法，而是一个一般文艺领域的普遍议题。我不知道是否还有详细议论的余地。目前正处于季题的话题中，那就先得出一个结论吧。

七 创作俳句，"写生"是最必要的方法

那么，此俳句的季题是什么呢？"莺巢"就是季题，表明这是春季的俳句。从总体上而言，鸟类都是在春季筑巢，并且在里面产卵、孵化。上野动物园中有一片用金属网围起的区域，里面饲养着许多鸟类，其中还有一棵松树。有一次，在樱花盛开的时节，我到上野动物园去看鸟，发现有一只小

---

[1] 伊达风流：江户时代实行"参勤交代"制度，大名们每年都会奔波于自己的领地与江户之间。伊达藩（今日本东北地区的宫城县一带）的大名队列的服装最为华丽风流，成为江户人争相模仿的对象。

鸟将落进金属网中为数不多的小树枝和稻草棍统统都收拢来，在松树梢上筑起了一个巢。这有些扯远了，但说起"鸟巢"，在俳句世界中有着明确的规定，那就是将它视为春天的季题。

下面，我们再进入植物之部吧。

  梅一輪　一輪ほどの　暖かさ
  一朵梅花绽，增添一分暖。　　　　　　　岚雪

岚雪这个俳人的名字还是第一次出现。他和其角并驾齐驱，被称为芭蕉门下的"双璧"。

此俳句的意思是：前天只看见有一朵梅花开放了，昨天又开放了第二朵，今天又开放了第三朵。随着梅花一朵一朵地不断绽开，数量日益增加，人们虽然不知道春天的温暖气息从何而来，却明显地感觉到大地上的温度正在不断升高。如果有一种可称为春意盎然的气息，会在天地之间发挥作用的话，梅花一朵一朵地开放，这就是一种春意盎然的象征。与此相同，一朵一朵地增加、不断绽开的梅花，这一现象作为一种春暖的象征，映入了人们的视线。

这一句的季题是"梅"，属于植物之部。而"暖"也是季题，但它是属于"时令季节之部"的。就像这样，一句俳句之中同时使用了"梅"与"暖"两个季题，这就叫作——

季题重复。（20）

"月并宗匠[1]之辈"的俳谐师们认为，"季题重复"不能被允许，要一概加以排斥。当然，他们的这种论调是不足取的。季题重复，从大体上而言并无大碍。只是"春风""春月"这样包含有"春"字的季题，与属于春季季题的"霞""融冰""燕子""樱花""播种""长闲"等同时使用的话，就会给人以重复的感觉，因此应该避讳。因为"霞""融冰""燕子""樱花""播种""长闲"等，已经被规定为春季的季题了，再叠加使用"春风""春月"这样特意加上了"春"这样字眼的季题，在吟咏俳句时，是完全不必要的。

另外，基于同样的道理，即便是不含"春"这样字眼的季题，也不一定就能重复使用。这一点，从大体上来说，如果不看具体例句的话，是无法明明白白地断定是非的。因此，这个问题就略去不谈了。另一方面，即便是含有"春"字的季题，根据时令与场合，有时也是可以与其他季题重复使用的。这也是一定要根据具体例句来判断的，这个问题也略去不谈吧。还有，俳句中往往还会出现春季与夏季"季题重复"，以及冬季与春季"季题重复"的情况。这一点大体上

---

[1] 月并宗匠：指江户时代后期，日益保守的俳句宗匠。"月并"，指他们在每月的句会上写出来的俳句都毫无创新、陈腐不堪，让俳句艺术失去了生命力。

来看也是允许的，希望大家可以认同。在此，不同于历来的俳句规则，我要做出一个断定。

八 创作俳句时，"季题重复"并非大问题

可以说，岚雪俳句中的"梅"与"暖"的"季题重复"问题，并非是严重失误。

  草臥て　宿かる頃や　藤の花
  力竭欲借宿，藤花正低垂。　　　　　　　　芭蕉

芭蕉就像一位云游僧人一样，徒步奔波在日本各地，本句就是他在旅途中吟咏出来的。那天，芭蕉依然行走了好几十里路，已经是精疲力尽了。此刻，他恰好来到有人家的地方。他心中立刻浮现出一个念头，今晚就在这户人家借宿吧。他抬眼一看，眼前的山崖上，或是这户人家的屋檐上，静悄悄地垂下来一串长长的藤花。

此俳句是以"藤花"为主创作的吗？又或许，"藤花"只是附属之物，芭蕉是以"精疲力尽来借宿"的旅情为主来吟唱？

应该从哪方面来理解本句？其实这两方面都十分重要。也就是说，芭蕉的俳句让人感到这两方面配合得严丝合缝，

双方可以互为主客，浑然一体。羁旅之客走得精疲力尽之时，恨不得躺在荒草上歇息一会儿，他想去一户人家借宿时，心中涌起了既寂寞又平静旷达之情；同时，藤花既美丽，又带有一种平静寂寞之感。两者相互映衬，呈现出一派调和的情绪来。

  耕や　世を捨人の　軒端まで

  翻地到檐下，此乃隐士家。　　　　　　　　大鲁

俳谐师大鲁是芜村的高徒。

从此句起，以下引用例句的作者，皆是天明时代（1781—1789）的俳谐师。"耕"，就是"犁田翻地"，元禄时代（1688—1704）还没有出现这个词汇。到了天明年间，芜村流派的俳谐师喜欢使用汉语词汇，因而开始使用该字。我已经讲过，元禄与天明两个时代之间相隔了大约一百年。

此俳句的意思是：农夫们正在犁田翻地，附近有一位弃世之人居住的草庵。农夫们翻地一直翻到了那户人家的屋檐之下。翻到"屋檐"之下，听起来会让人觉得奇怪，其实若是写"土墙"或是"矮垣"也大同小异。可"土墙"和"矮垣"会让人感觉这户人家外面有围墙，房子气派结实，很难让人觉得这是"弃世之人"即隐士的住所。与此相对，写"不断翻田，径直来到人家的屋檐下"的话，可以让人很明显

地觉得，这只是一座毫无掩饰的小小草庵，仿佛要是再挖上一锄头，就会挖破屋檐下的地面了。

"耕"是天明年间使用的词语，但俳句并不只限于用现代语言来描写现代生活。放眼一些俳句作品，尽管使用的是现代语言，但描写的却是过去的生活，这样的情形也经常存在。但本俳句描写的应该还是天明年间的社会情况。

一般而言，俳句应依照我们正在使用的语言文法来吟咏，这样就不会产生特别的不协调之处。（21）

但是，俳句用词要力求简洁，所以与普通的文章相比，俳句之中会出现省略文字的现象。因此，猛一看，会显得语言风格非同寻常。好像俳句使用的文法十分特殊。特别是"や""かな"和其他的"切字"，甚至还带有俳句特有的韵味。

我认为，"切字"可以在另外的章节中进行论述，但"切字"之外的文法，就没有必要去进行特别的论述了。（22）

在芭蕉的弟子当中——

有位叫支考的男士,他讲授俳句的文法。蒙骗当时没有学问的俳谐师后,俳句宗匠之中"俳句文法论"盛极一时,但我认为,"俳句文法论"是毫无用处的,应对它加以排斥。[1]（23）

在这里,我要下一个结论。

九　不存在称为"俳句文法"的特殊文法

上句中使用季题的方法,是讲述了"耕"这个季题下的特殊场合,同时对季题性质的要点加以说明,与那句以"黄莺"为季题的俳句很相似。

初午や　足踏れたる　申分
初午参拜日,被踩发怨言。　　　　　　召波

召波的名字在前面曾经出现过一次,他是芜村高徒中的佼佼者,常常跟随于师父左右,有幸聆听教诲,颇得真传。

---

[1] 直到今天,传统俳句创作时主要使用"文语"（古文）。虚子进行本讲义的时间是大正时代初期,社会上主要使用的就是文语,因此他主张不必特意去学习所谓的俳句古典文法。我们今天学习俳句,还是必须要学会日语古典作品所使用的基础文法。

这一点，召波与几董很相似。我认为，从俳句的技巧方面来看，他是位居几董之上的。总之，说起几董、召波、大鲁他们几位，个个都是天明时代不分伯仲的俳谐家。

我们来看看这句俳句的意思吧。"初午"，即农历二月的最初一个"午日"。这一天，在大型稻荷神社，还有建于诸侯大名等达官贵人邸宅之中的稻荷神社，都会有许许多多的人前来参拜。突然之间，作者的脚被人踩了。身为武士，被人踩了脚是不能默不作声的。于是，作者立刻发问："你凭什么踩我的脚？"召波应该的确是一位武士。

本句中的"初午"这个季题的使用方法，与前面一个例句中的季题"犁田翻地"的用法大同小异。

下面，我们该进入最后的"时令季节之部"了。

　　元日の　　酔詫に来る　　二月かな
　　元日醉醺醺，二月来道歉。　　　　　　几董

俳人几董的名字在前面已经出现过。

本句的意思是：从元日开始的新年期间，每天都会喝得酩酊大醉，好几次都闹得丢人现眼。如此说来，一到二月，就该去给人家一一道歉了。

本句的季题是"二月"。因为"元日"也是季题，即出现了"季题重复"。但是，在这种情况下，与前面的"一朵

梅花绽，增添一分暖"的俳句一样，并不会让人感觉"季题重复"。"元日"虽然也是季题，但在这种场合下，却几乎不会让人感到它的季节感。因此，本句是在叙述"二月"的某种事实，这与前面的"犁田翻地"之句大同小异吧。

長閑さや　早き月日を　忘れたる
春日多闲适，且忘岁月逝。　　　　　　　太祇

太祇的名字在前面也出现过。当时我就讲过，太祇是芜村的大前辈，大家都将他的造诣看得比几董、召波都要高出一筹来。他是天明年间仅次于芜村的俳句大家。

本句是在吟咏春日悠闲的生活情趣。常言道"乌兔匆匆""光阴似箭"，岁月流逝，真的就像是飞驶而过啊。在春日悠闲的时节，可以先将岁月流逝一事置之脑后吧。

这里使用季题的情况，与"春水"等一样，都是在向人们诉说季题的特质。

以上，我将天文、地理、动物、植物、人事、时令季节的俳句各举出了两句作为例句进行了说明，目的是想试着将俳句中季题是如何使用的这一问题清楚地告诉大家。

那么，从以上的说明当中，我可以将季题的使用方法归为三类。

第一，将季题作为主题。如"春水""春冰""黄莺""犁田翻地""初午""二月""悠闲"等俳句。

第二，将季题重点突出使用。如"春雨""藤花"等俳句。

第三，对季题的使用比较随意。如"东风""鹫巢""梅花"等俳句。

在学习俳句的起步阶段，我们先记住以上三类吧。其实，我将季题如此分类，的确是有些勉强。根据对俳句的解释方法不同，也许看不出作者是特意要突出重点地使用季题，还是在轻松愉快地使用季题。还有，重点突出地使用季题，与将季题作为主题来使用，这二者之间也难以分辨。但是我认为，一开始我们可以大致按照这三条来分类。我在本章的（16）中说过，可以断言，"俳句是吟咏季题的文学"。但是，正如前面我所讲的那样，即便是同一个季题，其用法却会有轻重之分。因此，现在我要从更广泛的意义上，再次来讲述一下季题。我在第一章"总论"的"四"中曾下过断言，"俳句一定要咏进某一季节的景物"。我看，这个结论有必要原封不动地保留下来。

特别是明治时代之后的俳句，其中出现了轻飘飘地使用季题的倾向，我们往往能够看到，季题完全变成了附属品。

在这样的背景之下,"俳句是吟咏季题的文学"的说法就显得有些勉强了。因此,我根据在最普遍的俳句界同人之中所流行的说法,采用了要将季题"咏进俳句"的表达方式。

可是,事实上轻视季题的俳句屡见不鲜。尽管如此,不可完全忽视季题这一点,正是俳句的生命所在。如果俳句按照如此趋势发展下去的话——

有朝一日,当大家对季题都弃之不用时,那就称不上是俳句了。(24)

这就是最关键的一点。不管到了什么时候,都必须咏进季题。即便会出现多多少少轻视季题的情况,无论如何,将季题咏进俳句,可以说这就是俳句存在的一个重大条件。

明治以来的俳句是如何对待季题的呢?对这个问题我原想费一点口舌,但在专门谈论季题的这一章中,特意略去不谈。

第三章

切字

在这个小小的讲义当中，我对季题的讲述显得稍稍长了一点，这是因为在俳句中没有比季题更为重大的问题了。如果将季题从俳句当中去掉的话，那就不能称其为俳句了。这就如同将白砂糖的甜味去掉，那它就不再是白砂糖一样。

与季题相比，仅次于它的重要问题是什么呢？我依然会按照古人的说法来回答，那就是切字。

一说起切字，有人就想讲"俳句文法"了吧。他们会说，要谈论切字，那怎么能不追根溯源，讲讲俳句文法呢？我在（21）中已经大体上表达了自己的见解。那些认为俳句应该有一套专门文法的人，他们都认为必须追求形式的完美。而实际上他们都犯了一个甚为严重的错误，都是属于舍近求远之人。

我始终都轻视所谓的"俳句文法"，已经在（21）和（九）之中说过，要讨论俳句文法，就应该从日常生活中我们所使用的语言中的文法开始研究。我不是轻视文法，而是看不上那些煞有其事地对俳句文法夸夸其谈的人。作为俳句所使用的文字，我要在本章中讲述一下具有特别意义的切字。

那么，切字是什么呢？我在此举出几个主要的切字吧。其中有"けり""なり""あり""たり""れり""や""かな"等。我们首先来讨论一下含有这些切字的例句。

菊を切る　跡まばらにも　なかりけり
剪去菊花后，看园圃依旧。　　　　　　　其角

其角这位俳谐师，我们在前面已经与他相逢过好几次了。

在本句中，"けり"就是切字。也就是说，用"けり"这个词语来归纳全句的含义。我想，因为它被用来宣告这句俳句的终结，因此给它起了个切字的名字。

本句的意思是：庭院中有一片菊花园圃，或许是为了用作自己的插花的材料，或许是为了馈赠亲友，主人剪下了三朵或是五朵菊花。不知道为什么，总觉得就像是将园圃中的大部分菊花都剪掉了。可当主人蓦然回首一望，菊花园圃依然还是原来的园圃，并没有留下一片狼藉的痕迹来。将俳句中的原文"跡まばらにも　なかりけり"译成口头语言的话，

应该是"跡が格別まばらでもありませんでした"（剪过菊花之后，并未留下多么难堪的痕迹来）。这样看的话，"けり"这个古文切字，不过是相当于我们日常生活中使用的"でした"（过去断定助动词）罢了。

下面再看：

鉢たゝき　来ぬ夜となれば　朧なり
夜夜闻敲钵，春意渐朦胧。　　　　　去来

向井去来与宝井其角一样，都已经是诸位的老朋友了。

在本句当中，切字是"なり"。用切字"なり"来结束俳句，归纳全句，这与前面使用"けり"的俳句是一样的。

"敲钵"是京都的风俗，从农历十一月十三日算起，一连四十八个夜晚之中，有僧人敲着葫芦，一面口诵"空也念佛"[1]，一面行走。这是传承了空也上人的衣钵，用最简单的修行，来教化芸芸众生。每天有敲钵的声音传到耳边，不知不觉就到了春天，周边的夜色也会因水汽弥漫而变得朦朦胧胧。这就是去来所作俳句的含义。将切字"なり"（文语判断助动词）翻译成通俗的现代口语的话，就是普通的判断助动词

---

[1] 空也：日本平安时代中期僧人，创立了空也念佛的修行法。他走遍各地，为建桥铺路、农田灌溉工程化缘。在京都推广口诵念佛活动，被称为京都的"市圣""阿弥陀圣"。

"である"（是）。

我们再看下面一句：

梅咲いて　人の怒の　悔もあり
忽见梅花笑，怒气亦能化悔恨。　　　　　露沾

这位作者的名字是第一次出现在诸位面前。

句中表示作者心中"存在着"悔恨情绪的动词"あり"就是切字，可将它与"けり""なり"同等看待。也不妨将这里的"もあり"（也存在着）整体看成一个切字。

有人因为某件事而十分恼怒，但是当他不经意之间，偶然看见盛开的梅花时，便对自己大动肝火的行为感到后悔了。时值早春，冬季的严寒尚未完全消退，枯木梢上开始点缀起清香馥郁的白花了。他就如同见到了一位清瘦矍铄、器宇轩昂的圣贤一样，由此对自己因区区琐事而动怒的行为感到羞耻，于是吟出这句俳句来表达自己的悔恨心情。拿普通人来说，看见梅花开放，会出现各种不同的情况。其中，也会有人对自己动怒而感到悔恨，作者特意用了超然物外的冷静态度来吟咏这句俳句。"もあり"也就是一个普通的词语，可译成口头语"もあります"（也会有），用这个词语来结束俳句。

下面的例句：

秋の空　澄たるまゝに　日暮たり

澄澈秋空下，转瞬日已暮。　　　　　　　　亚满

此句中的"たり"就是切字。

与春天和夏天相比，秋天的长空会呈现出一种令人心旷神怡、万里澄澈的景象。冬天的天空也十分澄澈，但是一到冬天，天寒地冻，水汽变得越来越少，与草木枯焦的景象给人的印象一样，会让人觉得冬天的天空也显得干燥。秋天却与此不同，气候宜人，特别是春夏之际弥漫于大地之上的沉滞气息被一扫而光，开始露出清澈透明的景象来。这种清澈的感受比冬天更加强烈。这就是人们喜欢欣赏秋空澄澈的原因。

话正说到一半，我想在这里先告诉大家，正如在前面的（11）中我有言在先，决定俳句的季题时，与事实相比，往往更看重的是感觉。也就是说，从事实来看，夏季的白昼最长，夜晚最短。"日永"与"短夜"都应该是夏天的季题，但是，"日永"却成了春天的季题。这就是说，白昼一天天变长之时，比起白昼最长的夏至之日，给人留下的"日永"的感觉更加强烈。另外，夏天酷暑难耐，让人无暇去品味白昼最长的情调。与此相反，春日悠闲、舒适，便能够让人品味出白昼变长的变化。从这个意义上来说，"日永"自然而然就成了春天的季题了。这并非是俳句做出的特别规定，而是出于人

们自己的感情，于是乎就自然而然地接受了这种天然的情调。同样道理，"短日""夜长"这两个季题，本来也应该是冬季的季题，但这种感觉在秋天里会更为强烈。

现在，我再举出一两个例子，来更加明了地说明一下人们的这种心情吧。

比方说，"藤花"与"牡丹"几乎同时开放。东京电车里的广告中，龟户的藤花观赏广告与四目的牡丹观赏广告会同时打出。[1] 尽管如此，在俳句中，"藤花"是春季的季题，而"牡丹"却是夏天的季题。这两者都是晚春与初夏季节交替时节的鲜花。将一方划归春季，另一方却划归夏季，这实在是一种有些偏颇的决定吧。但是，从花儿的性质来看，藤花垂着带有寂寞氛围的紫色或白色的长串花穗，给人的印象是春天的情调，而突然之间会将大片大片浓艳的花瓣绽放出来的牡丹给人的感觉却是夏季。这样，自然而然地便将它们区分开了。这绝非是两三位俳谐师心血来潮地一商量，就这么轻易地决定下来的，而是人们按照对自然推移变化的感觉来分类的。

在俳句中，还有将瓜类的花儿划归夏季，而将其果实划入秋季的现象。事实上，花朵也好，果实也好，夏季里都能

---

[1] 龟户、四目皆为东京地名。龟户天神社的藤花被评为江户百景之一；东京本所的四目牡丹园也是有口皆碑。观光客搭乘尖头小舟来到竖川赏花，热闹非凡。

看得到。到了秋天，同样能看到花儿开得正盛，果实也结得无比硕大。为什么要特意将花儿归入夏天，而将果实归入秋天呢？试想，如果提出这样的疑问，得到的回答或许会是"先开花，后结果嘛"，不能说这样的回答就能够让人满意。我移居镰仓之后，实际亲自动手栽培过南瓜等瓜类，从而得到了一种明显感受。一到夏季，南瓜和其他瓜类就会开出大朵的黄花来，映入我们的眼帘。此时即便是在叶子下面已经掩藏有南瓜与其他瓜类的果实，这些果实也很难引人注目。但是，一旦进入秋季，尽管花朵会开放得比夏天还要繁盛，但这已经不会再强烈地刺激人的眼球了，反而是开始枯萎的叶子下面明显地露出南瓜与其他瓜类的果实，这一景象更会占据我们的心。如果阅读了《岁时记》这样汇集了俳句季题的书籍，便以为瓜类在夏天开花，秋天结果，那我不得不说，这是一个很大的误解。

前面的说明有些冗长了，如果让我再说一句的话，我就会说到"时雨"（初冬冷雨）与"红叶"。如果大家读过不少和歌，就会得到一个印象：大概是因为"时雨"飘洒，才会将树叶染红。比如说，有这样的古歌：

　　　　白雪も　時雨もいたく　もる山は
　　　　　　下葉のこらず　紅葉しにけり

白雪兼冷雨，飘飘洒冬山。
秋叶尽变色，满眼红欲燃。

足曳の　山かきくらし　時雨るれど
　紅葉はなほぞ　照りまさりける

初冬降冷雨，天昏地又暗。
唯见红叶艳，光彩照山峦。

按照事实来说，的确在初冬冷雨飘洒的时节，满山的树叶渐渐地就都会被染成红叶。芜村写过这样的俳句：

時雨るゝや　用意かしこき　傘二本
冷雨飘飘洒，雨伞备两把。

另外，芜村还有一句类似的作品：

紅葉見や　用意かしこき　傘二本
前去赏红叶，雨伞备两把。

"雨伞备两把"是这两句俳句的共同之处。这说明在感情上芜村认为，红叶与初冬冷雨是不能分开的。但是俳句界却认为，"红叶"与"时雨"二者之间，完全是可以截然分开的，而且还是树叶变红在先，初冬冷雨飘洒在后。拿季题而言，红叶是秋，冷雨是冬。我们姑且不论事实如何，但不可忘记，让俳谐师们自然而然地做出这样决定的，是因为人的感觉强有力地左右着人们的感情。之所以会有这样的感觉，是因为树叶变红是树叶凋落之前的一种现象，不久之后就会变为枯叶，干爽的枯叶还会纷纷飘落到地面来。树叶变红、变黄，染遍群山，就如同灯火熄灭之前放出的最后光彩一样。总之，这种现象是带着一种华丽而寂寞情感的一道风景。这景色比起干燥而惨白的冬天而言，与稻谷成熟变成的黄色相似。而黄色抽象化后即秋天，故划归秋天的季题更为合适。而"时雨"，它似乎脱尽了丰润的生命色彩，带着一种枯燥的情绪从天而降，还会给人顷刻之间就会放晴的感觉。因此，比起秋天，"时雨"的情调更适合归入冬天的季题。俳句中的季题"时雨"，与用于和歌的"时雨"一词不同。与和歌中的"时雨"相比，它在俳句中的含义多多少少发生了一些变化，转为了冬天的季题。我们不能去非难俳谐师是在随心所欲地做出决定，而应该这样来理解：对于天然事物、自然现象的观察与认识，拿俳句与和歌相比的话，俳句更胜一筹。

从以上的两三个例子可以看出，俳句并非是那么看重事实,俳人们往往吟咏的是重感觉情调的诗歌。不过要是过分拘泥于这一点的话,也会引发出很多弊端来。但是,文学与科学之间的区别正在于此。尊重人类的感情,不单为事实左右,尊重这一点,正是诗的价值所在。

话题扯远了。我在(11)之中曾与大家约定,我会进一步解释"日永",便想趁此机会说明一下。

> 我认为,关于天然现象,人们积累起了许多实际的研究经验,渐渐地将对季题的感觉变得更加精细,分类也越来越准确。(25)

我们不能忘记,轻视季题之中包含的趣味,这一点被视为俳句之大敌。

我们再回到那句"秋空"俳句,来说明一下它的含义吧。

前面已经说过,一年之中,"秋空"给人的感觉最为澄澈。此句的意思是:在澄澈的秋空之下,大地从白昼进入了夜晚。也就是说,黄昏时分,天空里到处都依然充满着阳光,转眼之间,星光闪耀,夜晚的明星放出光彩。白昼的澄澈天空带着它的清朗,转向夜空时的黄昏时分——读到此句,会让人清楚地联想到发生这样变化的景色来。

"日暮たり"译成现代日语就是"日が暮れました"(天

渐渐黑了下来），这并非是一个与众不同的词语，只是包含切字而已。

我们再看下一句：

見えそめて　今宵になれり　天の川
初见夏夜里，今宵挂银河。　　　　　　鹭乔

"れり"是切字。

从夏天的苍空中，已经可以看见银河了，渐渐地就会迎来七夕之夜。意思是说，银河是特别属于今宵这样一个美好夜晚的。

"今宵になれり"，就是"今宵になりました"（到了今宵）的意思。其中的切字"れり"也是一个普通字眼。

说到这里，各位读者一定会对我说过的"切字是仅次于季题趣味的重要问题"那句话感到奇怪。"根据你的讲述来理解的话，切字与普通文章和会话之中使用的字眼没什么两样啊。你还说，俳句文法与普通文法也没有什么不同，那你为什么不说，俳句的切字与普通语汇也没什么不同呢？"我想，我一定会遇上这样的非难的。于是，面对这样的疑问，我的回答是：

事实正如诸位所言。称为切字的词语，不具有

任何特殊的语法规律。（26）

我们在日常生活中，一定会在句尾使用"です""ました"这样的助动词。俳句中也一定要在句尾加上"なり""たり"这样的助动词。这样一来，就会给某个词汇，或是某句俳句加上节奏，或是从意义上划出一个段落来。这一点俳句与日常会话是一样的。以上我举出的例子，仅仅是一部分的例证。我不是说仅有"けり""なり""あり""たり""れり"才是主要的切字，接着还可以举出不少诸如此类的切字来。换句话说，我们在普通的文章和会话中使用的划分段落的词汇，下面加有下圆点的假名都可称为切字。

貴人と　知らで参らす　雪の宿
旅店风雪中，不知贵客到。　　　　　　　之兮

冬籠　燈光虱の　眼を射る
冬日闭户，灯光直射虱子眸。　　　　　　芜村

夏の暮　煙草の虫の　咄聞く
夏日暮色罩烟叶，小虫正聊天。　　　　　重厚

星合の　それにはあらじ　夜這星
　　七夕双星会，天上无有偷情星。　　　左纲

如同以上例句，从语法上而言，这些俳句多是直截了当地用动词来结句或断句的。

　　凍やしぬ　人転びつる　夜の音
　　不知路冰冻，夜闻跌倒声。　　　　鹭乔

上面这句是用疑问词来断句的。

　　去年より　又寂しいぞ　秋の暮
　　寂寞胜去年，秋日到黄昏。　　　　芜村

　　飛ぶ蛍　蠅につけても　可愛けれ
　　流萤飞，让苍蝇也发光，会更加可爱。移竹

　　唐辛子　つれなき人に　参らせん
　　辣椒当送薄情人，让他也流泪。　　百池

上面四句是用带有感叹词色彩的词语来结句或断句的。

巻葉より　浮葉にこぼせ　蓮の雨
雨打荷叶低，水珠洒浮萍。　　　　　　杉月

辻君に　衣借られな　鉢叩
敲钵僧，莫理会，流莺来借缁衣。　　　旧国

夙く起よ　花の君子を　訪ふ日なら
快早起，今日拜访花君子。　　　　　　召波

うき我に　砧うて今は　又止みね
满怀愁肠，快击寒砧，快快停下！　　　芜村

以上例句如各位所见，是用命令形来断句的。"うき我"这句之中，"うて"是命令形，后面的"止みね"也是命令形，它们都算是切字。

> 这叫"重复断句"，即在一句俳句之中，特意两次使用了切字。（27）

为避免繁杂，上面列举出来的例句就不一一进行意义上的解说了。仅就最后一句来解说一下吧。前半句说的是，芜

村对满怀忧愁的自己说，河边捣衣的妇人啊，快敲打寒砧吧。我想听着令人感到寂寞的寒砧声，尽情地去体味一下这种寂寞的心情。这种心情与抱着忧愁之情去观看悲情戏剧一样，看过后尽情地放声大哭一场，反而会得到安慰。但是，事实上，听见寒砧声，不但不能解忧，反而会让人更加不堪忧愁。寒砧声啊，你现在就停下来吧。这就是后半句的意思。"请敲打寒砧吧"与"停止敲打吧"，一连发出了两次命令。虽然有俳谐师议论说，这是"重复断句"，但这不过是一句俳句之中使用了两次结束句子的命令形罢了。

根据以上例句，我可以得出如下断言。

十 俳句中的切字，是用来表示意义或节奏段落的

我在第一章中，简单地讲述过有关切字的话题。

　　朝顔に　　釣瓶取られて　　貰ひ水
　　牵牛缠吊桶，乞水求邻家。　　　　　　　千代

我是将其作为无切字的例句来说明的，与之类似的俳句不胜枚举。

蓮に誰　小舟漕来る　けふも又
今朝又见莲叶动，何人驾轻舟？　　　　如菊

小車の　花立伸て　秋曇
秋日阴沉，旋履花节节长高。　　　　东壶

夏の月　平陽の妓の　水衣
夏月清凉，平阳艺妓薄绢衣。　　　　召波

谷紅葉　夕日をわたる　寺の犬
红叶燃遍山谷，寺犬横穿夕阳。　　　　乌西

但其实，既可以说这些俳句没有切字，也可以说有切字。比如第一句可以看成加上了切字（ぞや）：

蓮に誰（ぞや）　小舟漕来る　けふも又

本句的含义为"今朝又见莲叶动，何人驾轻舟"。此处括号中的二字，正好相当于近来文章中出现的西式标点符号"？"。也就是说，这一句俳句中的"誰"这个字就发挥着切字的功能。

第二句则等同于：

　　小車の　花立伸て（あり）　秋曇

或许还可以是这样：

　　小車の　花立伸て　秋曇（かな）

也能够将此俳句看成省略了不同的切字。由此，可以说"立伸て""秋曇"也发挥着切字的功能。

第三、第四这两句也是如此，可等同于：

　　夏の月（や）　平陽の妓の　水衣
　　夏の月　平陽の妓の　水衣（かな）

　　谷紅葉（や）　夕日をわたる　寺の犬
　　谷紅葉　夕日をわたる　寺の犬（かな）

可将其看作省略了切字的俳句，因此，可以说，"月""水衣""紅葉""犬"等词语也都具有切字的功能。

谈到这里，虽然有人会断言：俳句中一定要有切字，如同说人们谈话时要有抑扬顿挫的语调，以及区分意义的段落一样，但是，前面的"誰""立伸て""秋曇""月""紅葉""水衣""寺の犬"等字，尽管都具有与切字相同的功能，这些字眼本身却并非是切字。我认为这样来看待这个问题较为稳妥。还是我在第一章（五）中说过的那样：

> 我认为，"俳句在大多数场合下，都必须有切字"，这样的说法是符合实情的。（28）

但是——

> 那些没有切字的俳句，也会由名词及其他词汇，自然而然地使俳句具有抑扬顿挫的音调与分段节奏。（29）

我们有必要事先明白这一点。在实际的会话当中，也会出现"立派な花"（美丽的花儿）、"困った人"（令人讨厌的人）这样的词语，即便是省略了"です"（是）这样的助动词，也完全能够将意思传达给对方。有关切字问题也是同样的。

我在前面举出了两个切字"や""かな"，但是还没有进行说明。在切字中，"や"和"かな"是最普通、最具有广泛意义、使用最多的切字。

可以说，作为切字需要加以特别论述的，只有"や"和"かな"这两个。（30）

下面我就举例来说明。

虽说如此，我并不打算将"や"和"かな"作为极其难于理解的切字来论述，让平易近人的俳句反而变得晦涩难懂。从解释其含义入手，这绝非是晦涩难懂的话题。那么，为什么还需要进行一番特别的论述呢？其实这是因为它们作为切字具有的自由的功能。

出替や　幼ごころに　物あはれ
仆人离去……依依难舍，童心悲戚。　　　岚雪

此句的含义是：仆人、女佣，都是被使唤的人，对他们的雇用是有期限的。而对主人家尚不懂事的小孩而言，长年在这里侍候他们的人有一天突然离开，这会让孩子感到悲哀。

此句中的切字"や"的语言功能，并不是它所具有的"感叹""嗟叹""疑问"的意思，而是对"出替"（仆人离去）这一事实本身包含的观念进行强化，在读者心中留下强烈的印象。我们来尝试对切字"や"带来的强烈印象进行一番解释。仅仅是"出替は　幼ごころに　物あはれ"（仆人离去，

主人家的幼儿也感到悲哀）的话，"仆人离去"便是主格，后面的文字是用来对"仆人离去"进行解释的。回到原俳句，其包含的强烈冲击力在于对"仆人离去"的强调：又到了契约满期，仆人离去的时候了，仆人离去会让主人家的幼儿也感到悲哀。接着，我再尝试一下做进一步的解释吧。比如说，有一位政治家站在讲台上，对政府的暴行进行揭露批判。他为了在听众的脑海里对现政府这一概念留下强烈印象，就会先大喊一声："诸位，现政府……"，然后屏住呼吸，凝视着听众，沉默那么几秒钟。其效果会如何呢？比起他直接滔滔不绝地说："现政府对我人民大众……"，这样更能在听众脑海里唤起对现政府的更加强烈的关注。如果听众心中也充满着对现政府的强烈不满，比起这位政治家立即滔滔不绝地讲些废话来说，这样的一段沉默或是默默地泪流满面，更能让听众出现群情激奋的效果来。比起前文我对岚雪俳句的解释，不如像这位政治家那样，理解为吟咏出"仆人离去"之后，便来上一阵沉默，先在读者心中唤起对"仆人离去"的各种感想。也许，我这样来解释"出替"一词后面的切字"や"的功效，会更得要领吧。

我再举出一个例句：

春風や　殿待うくる　船かざり
春风阵阵，画船精美待贵人。　　　　　太祇为了理解本句的含义，首先要看后面的十二个假名。贵族大人要乘船出行，仆从们对这条船已经进行了种种装饰，等待着大人前来乘坐。那么，前面的"上五"[1]这五个假名该如何理解呢？这里也有一个切字"や"附着于"春风"这一季题后面，首先就会在读者心中引起各种感想，"下五"中描绘的景象也会浮现于心。将"春風や"解释为"春风骀荡，阵阵吹拂之日""春风轻拂，万物之中"，这样尚不能充分对切字"や"的功能进行说明。它绝非仅仅是这样有限的解释，而是要唤起读者心中对"春风"的无穷遐想与感觉。切字"や"的功效也正是包含在这一切遐想与感觉之中了。下面我再来讲解"かな"。对其的说明基本与"や"相同。

呼かへす　鮒売見えぬ　あられかな
欲唤卖鱼郎，唯见寒霰降。　　　　凡兆

要弄懂本句的意思首先要看前面的十二个假名。卖鲫鱼的人从门前大街上走过，买主跟他谈了价钱，没能谈妥，卖鱼人便走远了。后来买主又来到大街上，想将卖鱼人喊回来，但是卖鱼人已经走得不见踪影了。而这里的"下五"可以解释为"天空中降下了寒霰""天降雪霰的寒冷之日"，或是

---

[1] 俳句的节奏是将十七个假名（音节字母）分为"上五""中七""下五"三段。

"飘飘洒洒的寒霰遮掩了卖鲫鱼之人的身影",但依旧不能说已经充分表达了作者的意思。正是因为有了"かな"这个切字,才能够让读者自由而尽情地发挥想象。也就是说,既可以理解为"天降雪霰的寒冷之日",也可以是"雪霰下得太急,看不见卖鲫鱼人的身影了",读者可以各自展开不同的联想。"かな"这个切字,可以让人毫无顾忌,就像寺庙里的梵钟之声那样余韵悠长,久久地、久久地回响不绝。

再举出一句:

  はし近く　涅槃かけたる　野寺かな
  野寺涅槃像,挂在大殿旁。　　　　　　树凤

有一幅画叫《释迦涅槃像》,描绘的是释迦牟尼逝世之日,在释迦的遗体周围,有许多鸟兽也聚集过来,伤心流泪。到了这一忌日,寺庙会挂出《释迦涅槃像》,来向香客们展示。此俳句说的是:在荒野寺庙的大佛殿边上,挂出了《释迦涅槃像》。要是规模宏大的寺院,《释迦涅槃像》会挂在深深的内院殿堂里,而在荒野之上,小得就像普通民家的小小寺庙中,就只能将《释迦涅槃像》挂在大殿的边上了。本俳句并不着眼于荒野上的小庙如何如何,它只告诉读者,这是一座荒野小庙,只听得见好似梵钟"咚——咚——"的余韵,悠扬地传向远方。诵读本俳句之后,读者们不会对荒野

小庙充耳不闻，而是会集中精神思考这一幅画面。这就是切字"かな"的功效。有人发表议论说，要吟咏出新的俳句，首先就要排斥"や"和"かな"。我对这种论调嗤之以鼻。

作为俳句的切字，"や"和"かな"发挥出了最大功效，甚至可以说，发展得登峰造极。"や"和"かな"有着最为广大而自由的空间。同时，它们还成了俳句中拥有庄重而典雅风格的切字。（31）

最近有人说，排斥"や"和"かな"的人，他们散布的言论表明，其实他们就是在主张语言的退步。我赞成这样的观点。

十一 "や"和"かな"是具有特别功能的切字

"けり"和其他的切字，有时也会发挥出与"や"和"かな"相近的功效来。"りにけり"这样较长的虚词，所发挥出来的功效最接近于"や"和"かな"。比如：

宿の梅　折取るほどに　なりにけり
庭院梅花开，越折花越繁。　　　　　　芜村本俳句的"庭前梅花可尽情摘取，花枝将会越折越繁茂"作为一个概念，由于其后的虚词而强有力地进入了读者的脑海。

到此为止，我就要结束有关切字的论述了。因为"や"和"かな"的存在，我论述切字的这一章在全书中占有重要地位。

第四章

俳谐简史

下面，我将讲述俳谐史的话题。各位读者仅得到有关俳谐简史的知识，便会有许多心得，所以我在这里只做概括性的介绍。

首先请大家想象一页完全黑暗的纸。可以让这黑暗的一页发出光彩的人物，是杰出的专家。

在这页黑纸上，正好有几个亮点，可以看见例如山崎宗鉴、荒木田守武、松永贞德、西山宗因等人的名字在黑暗中闪闪发光。

山崎宗鉴善于运用优美的和歌语言，从具有烦

琐格式的连歌之中脱颖而出,创立了俳谐连歌[1],这一点让他在俳谐史上声名显赫。(32)

比如说,过去的连歌中有:

  船とめし　枕は秋の　うら浪に
   月を旅寝の　袖のかたしき

  头枕秋日白浪上,停船处,
  羁旅眠月夜,客袍当被褥。   绍巴

这是从绍巴的《独吟千句》之中选出来的。

从这一千句连歌中,无论选出哪两个上下句来,都与和歌并无二异。但等到山崎宗鉴的俳谐连歌登场,就出现了以下作品:

  月日のしたに　我は寝にけり
   こよみにて　破れをつゞく　古襖

---

[1] 俳谐连歌:追求通俗滑稽风格的组诗。经山崎宗鉴、松永贞德,直到松尾芭蕉才发展成为高雅的艺术。后来,其首句以发句的形式独立出来,俳谐连歌从此衰落。

头顶日月，我已躺下。
撕下历书，修补纸拉门上破洞。　　　宗鉴

这样的作品从表面上来看，它追随着连歌的形式，使用了比较优美的语言，但在深层面却表达了卑俗的含义。睡在用历书修补的纸拉门旁边，即睡在日月之下，读到这里，会让人感到他写下的连歌非常巧妙，让人拍手叫绝，但也只不过是一种机智的语言游戏罢了。可是，语言也好，诗趣也好，他都只以"平易近人"为宗旨，突破了古人不敢越雷池一步的连歌，创立了新风。我们不得不承认他的巨大功绩。

我们还应理解一点，在第一章中已经说过，"发句"，即"俳句"，是来自连歌，或是俳谐这种诗歌的。连歌和俳谐都是不断重复"5—7—5"和"7—7"的句式，"俳句"就是其中的开头第一句。连歌演变为俳谐连歌，同时，它的"发句"也发生了变化，如：

月の秋　花の春立つ　あしたかな
月朗秋色，樱花报春，近在明朝。　　　宗祇

这是一句连歌的发句，但如果是俳谐连歌的发句的话，就会是：

卯月来て　ねぶとになくや　時鳥

四月到，子规啼鸣音低沉。　　　　　　　宗祇

表面上的意思是：一到四月，子规就会大声啼鸣。但是此句中却包含着"疼啊！身上起肿包"的含义。[1]可以说，这就是俳谐连歌注重谐音效果的低俗之处，但是又不得不承认，这是一种变化。

荒木田守武与山崎宗鉴几乎在同一时代崭露头角，他是另一位冲破了连歌的藩篱，创立了俳谐的人。（33）

他创作的俳谐连歌中有：

口の中にも　入るは山ぶし
　　かねをだに　つくれば人は　はぐろにて

人鬼同入山伏口，

铁浆染色，牙齿变黑。　　　　　　　　守武

---

[1] "卯月来てねぶと"与"痛き来て根太"发音相同（根太，即肿起的大包），俳谐连歌追求的正是这样的谐音情趣。

上一句的表面意思是：山伏[1]一旦开始祈祷，人或是鬼，就会被吞入他的口中。下一句的表面意思是：只要用铁浆来染色，人的牙齿就会变黑。其实这两句诗歌隐含着"羽黑山[2]的山伏""用铁浆染黑牙齿时所用的五倍子粉末"等滑稽典故。荒木田守武的发句中还有：

花よりも　鼻に在りける　匂ひ哉
樱花正飘香，终留鼻腔。　　　　　　守武

花朵芬芳，但毕竟是要用鼻子才能闻到，所以花香是留在鼻腔之内的。从表面上看这就是一句强词夺理的诗句，但其趣味就在于"花"与"鼻"的日语发音相同，洒脱之趣正在此处。

我们将荒木田守武与山崎宗鉴进行对比，可以看出两人之间的区别来。但是，他们两人又是大体相同的。将二者视为相似，反而对理清俳谐史概念而言非常有必要。

我举例说明了过去的连歌，就此为止，不再多费口舌了。我还想将曾经一度出现过的绍巴与宗祇等人的名字用墨汁涂黑，埋葬到黑暗的一页中去。另外，就算在山崎宗鉴与荒木田守武的时代里，我也只将他们二人看成两个亮点，他们前

1　山伏：在深山中修行的佛教僧人。
2　羽黑山：位于山形县鹤冈市，是日本全国知名的山伏修行场所。

后的时代都处于黑暗之中，只有他们在历史的这一页上熠熠生辉。但是——

> 守武、宗鉴死后不久，又有松永贞德的名字开始大放光明，出现在历史的黑暗一页之上。（34）

松永贞德继承了两位前辈开创的俳谐，并将其传授给了众多弟子，在这一点上，松永贞德可谓是功劳卓著。他的弟子当中，有一位名叫北村季吟的诗人，已经开始浅放光芒。身为国学家的北村季吟，成了松尾芭蕉的师傅。

我们姑且也将北村季吟的名字再一次掩埋到黑暗的一页当中去吧，同时将松永贞德的许多有名的弟子也都埋藏到黑暗时代中去吧。

> 不久之后，在黑暗中，又有一个叫西山宗因的名字开始发出光彩。（35）

西山宗因让荒木田守武、山崎宗鉴、松永贞德等人所创立、继承下来的俳谐连歌进一步发展、变化，开创了崭新的谈林风俳谐。他创作的俳谐有：

しかたばかり　おし肌ぬいで　十文字
　かしかうやつて　さます借銭

为君解囊，十字破腹大开膛，装模作样。
领情了，我到别处借钱去，您别慌。　　　宗因

有人前来借钱，被借的人并非是真的要"腹を切る"[1]，他只是略施小计，来搪塞对方。因此他仅仅是"おし肌ぬいで"[2]，痛痛快快地来一个所谓的"十文字にかき切る"[3]。前一句的意思是说，我先做出这个"十字破腹大开膛"的动作给对方看。后句的意思是，那位开口借钱的人说道，听你这么说，我承你的情就是了，先不向你借钱，我还是去找别人借吧。相较山崎宗鉴、松永贞德的时代，此时俳谐的讽刺幽默更加辛辣，将世俗社会的人际关系作为创作材料。另外，叙述这样的事实时，则是更彻底地使用了纯粹口语。希望读者们要特别关注到这一点。西山宗因还有一句发句：

蚊柱や　けづらるゝなら　一かんな

---

[1] 指剖腹自尽，此处只是以此比喻表示忍痛让自己破费。
[2] 指脱掉上衣，光起膀子，比喻真心给对方帮忙。
[3] 指十字大开膛。日本武士剖腹自杀时，先是横着来一刀，紧接着竖着再来一刀。

蚊柱[1]粗，用刨子让它变细。　　　　　宗因

　　宗因的发句除此之外，还有许多不同的种类，既有贞德时代风格的，也有很像是后来芭蕉时代的作品的，不过我们可以认为上文这句是宗因的代表风格。"蚊群如柱"，矗立在眼前的，是一根又粗又大的"蚊柱"，让人真想用刨子将它刨得细一点。从"蚊群如柱"联想到木柱，再联想到木工的刨子，这正是贞德时代的俳谐遗风。但西山宗因着眼于粗大的"蚊柱"，想用刨子去刨它。这比市井中的俏皮话还要滑稽。将此与"疼啊！身上起肿包""樱花正飘香，终留鼻腔"相比的话，我们会看到西山宗因在感情方面又进了一步。他还有几句又大大迈进了好几步的"发句"，如：

西行像赞
秋はこの法師姿の夕かな

赞西行像
秋意深，黄昏夕照，法师身影。　　　　宗因

1　蚊柱：夏日黄昏，蚊子在屋檐下等地方成群飞舞，形成柱状。

这些发句可以说，已经接近了后来出现的芭蕉一派的"发句"风格。但我不打算在此进行详细说明。四周一片黑暗！一片黑暗！西山宗因仍然身处黑暗时代。我们为了得到俳谐史的大体概念，只能从基本出发，去捕捉黑暗中那些星星点点的光明。在此，我也只留下西山宗因的名字，而将其余的一切都埋藏到黑暗中去，不再提起。

到了下一个时代，松尾芭蕉将会闪亮登场。（36）

是松尾芭蕉，将俳谐从所谓的滑稽俳谐的境地中拯救出来，是他让俳谐升华到了枯淡闲雅、纤细而余韵悠长的境界。（37）

俳谐这个词的意义就是它原本只追求滑稽，只不过是一种俏皮话罢了。山崎宗鉴、荒木田守武、松永贞德、西山宗因等人，从优雅而温情的和歌、连歌当中，开辟出了另一派俳谐的分支。为此，他们不得不使用俗语，平铺直叙地吟唱世俗之情，以滑稽俏皮作为主题。而芭蕉在此基础上让俳谐再次发生蜕变与升华，他着眼于发掘深藏在俳谐底层的人生的寂寞滋味。

日本的俳谐史，因为有了这一时期而焕发出格外炫目的光彩。这并非只是由松尾芭蕉一人之力所能达到的目标，而是从山崎宗鉴以来，许多前人经过漫长岁月，不断积累、打造、开创，终于让俳谐发展到了成熟阶段。从这个观点来看，松尾芭蕉可以说是时代的宠儿，但是，他是否算是宠儿这一点并不重要。总之，元禄年间是俳谐史上最光辉的一页，松尾芭蕉的名字用大号铅字印刷在这一页上，特别引人注目。只要牢记这一事实即可。

灰汁桶の　雫やみけり　きりきりす
碱水桶[1]漏水滴答，声停又闻蟋蟀鸣，凡兆

油かすりて　宵寝する秋
为省灯油钱，秋夜早睡眠。　　　　芭蕉

第一句的意思是：碱水桶中的水漏出来了，水滴落地，发出吧嗒吧嗒的声音，不断传入耳中，真是令人无奈。不久，水滴声停了下来，又开始听见有蟋蟀的鸣叫声传入耳内。第二句的意思是：在这漫长的秋夜里，一直没有躺下就寝。自己是闲散无事之人，但是为了节省灯油，还是灭了灯早点睡觉吧。这两句所描写的，是在孤独的境界中抱着寂寞的心情

1　碱水是用植物烧成的灰泡制出来的。碱水桶下面有孔，不用时用木栓堵住小孔，用时拔下木栓。滴出的碱水，是用来洗涤衣物或者是用于布匹染色。当时家家户户的院中都会有一个碱水桶。

之人，度过闲散寂寞的秋夜之趣。前面我已经讲过，我们读到山崎宗鉴以后的俳谐师们的作品时，即便不会笑出声来，也会马上发出"真是蠢货！""这家伙写的东西莫名其妙！"这样的感叹，情不自禁地微笑起来。但是，我在这里所举出的俳谐例句，不但不会让人发笑，而且这些严肃作品还会让人产生一种立刻就想要改成正襟危坐姿态的心情。因为这些俳句会让人想到它们所描写的岑寂的境界，以及作者心中抱有的寂寞情怀。

行燈の　引出さがす　はした錢
拉开灯笼小抽屉，寻觅铜钱，　　　　　孤屋

顔にもの着て　うたゝねの月
脸上长包，疼得人似睡非睡。　　　　　其角

第一句说，拉开"行燈"[1]下面的小抽屉，来搜寻零碎铜钱；第二句说的是脸上长出肿包，月夜里，让人疼得似睡非睡的。如同我在前面讲过的那样，俳谐用俗语来讲述世俗的人情，这本来就是和歌与连歌怎么也无法企及的领域。由此可知，山崎宗鉴以后的俳谐作者的遗风，直到此时仍然活跃

1　指长方形坐地灯笼。

着。但是，将他们与西山宗因那个时代的作品相比较的话，尽管使用着同样的俗语，同样是描写世俗人情，但山崎宗鉴以来的俳谐多描写滑稽人事，而到了西山宗因的时代，吟唱的却是沉寂稳定下来的孤寂人事。

　　しかたばかり　おし肌ぬいで　十文字
　　　かしかうやって　さます借錢

　　为君解囊，十字破腹大开膛，装模作样。
　　领情了，我到别处借钱去，您别慌。　　　宗因

　　此作品会让人真想捧腹大笑。这并非是事情本身可笑，而是作者叙述这件事情的手法与语言之中充满着一种闹剧情绪与黑色幽默。宝井其角作为元禄时代的俳谐师，怀抱着一种比较喜欢豪华气氛的心情。与多数品味着孤寂人生滋味的芭蕉弟子相比，二者之间的志趣与性格都大不相同。但就拿宝井其角的俳句来与前面西山宗因的幽默之句来相比的话，那就可称得上是相当认真的了。尽管宝井其角的作品只算得是平淡无奇，不过是对某一件人事的叙述罢了，但是在他的内心深处，却潜藏着一种沉稳的心情。这正是芭蕉流派的巨大生命活力。

古寺の　簀子も青く　冬構
　　　古寺竹帘泛青光，准备过寒冬。　　　凡兆

　　因为这是一座古寺，一切都显得是那样古色古香而陈旧朴实。眼看就要进入冬天了，僧人们正忙于过冬的准备，于是，他们只是在门窗上换上了新的竹帘，这些竹帘都发散着青光。竹帘的青色属于美观而华丽的色泽。作者在这里注意到，青色的竹帘就是寺院中仅有的华美之物，这也会让我们联想到古寺整体景色的古朴幽深。

　　　海人の家は　小海老に交る　いとゞかな
　　　渔夫之家，小虾之中混灶马。　　　芭蕉

　　我曾经到牛久沼[1]去拜访小川芋钱君。小川芋钱君告诉我，在湖沼旁边的渔夫之家，他常常会看到这句俳句所描写的光景。同样是渔夫之家，但位于海岸上的渔家，伴随着海浪声的那种壮阔的快意，到处都充满着阳光明媚的气氛；而位于沼泽边与湖畔的渔夫之家，却只有一种波澜不惊的静谧，还有一种忧郁无力的寂寞笼罩在渔夫房舍的屋檐下。这里晾晒着从湖泊或是沼泽中捕捞上来的小虾，其周围还混杂着像虾

1　牛久沼：位于茨城县龙崎的利根川水系的湖沼地。

类一样长着长腿的昆虫，不断使劲地挣扎，想跳起来。这些昆虫就是灶马。

　　　　鉢たゝき　来ぬ夜となれば　朧なり
　　　　夜夜闻敲钵，春意渐朦胧。　　　　　　去来

　　敲钵，指的是回响在京都街巷中的空也念佛僧人敲葫芦的声音。一到冬夜，他们就会在京都的内外区域四处巡游，通过化缘来筹集大米与钱财。到了敲钵僧不再出现的日子，不知不觉就是水汽朦胧、暖意融融的春夜了。因为向井去来居住在京都，冬天听见这令人寂寞的敲钵声，这就是他创作此句的主要理由。我们可以从中体会到他那朴素的心情：到了春夜，尽管他感到了自己心灵的激动，但依旧回想起了严冬之中那曾经不绝于耳的敲钵声。

　　这样的例子我还可以举出很多。如果接着往下再举出很多例子的话，就会出现多少有些让人感到意外的例句，即那些在山崎宗鉴去世之后，原封不动地继承了滑稽趣味的例句。但这样的例句对于我的这部俳谐简史毫无用处。我们只需要记住：

　　　　以松尾芭蕉为中心的元禄革新运动，将俳谐从
　　滑稽与低俗的俏皮之中拯救出来，并将俳谐引导上

了严肃认真、踏踏实实的闲寂趣味的大道。（38）

古池や　蛙飛び込む　水の音
古池苍茫，青蛙入水一声响。　　　　芭蕉

初時雨　猿も小蓑を　ほしげなり
初飘冬雨，猴子也想披蓑衣。　　　　芭蕉

何事ぞ　花見る人の　長刀
前来赏樱花，为何佩长刀？　　　　去来

馬は濡れ　牛は夕日　村時雨
冷雨降，马背淋湿，牛披斜阳。　　　　杜国

いろいろの　名もむつかしや　春の草
春草种类多，实难呼其名。　　　　珍碛

水鳥の　はしについたる　梅白し
水鸟喙上粘花，一朵白梅。　　　　野水

行き行きて　倒れ伏すとも　萩の原
行行复行行，累倒胡枝花原野。　　　　曾良

子や待たん　余り雲雀の　高上り
云雀且等稚鸟，何故独自高飞？　　　　　杉风

鬮とりて　菜飯たかする　夜伽かな
更深守夜人，抽签煮饭菜。　　　　　　　木节

秋の空　尾上の杉に　離れけり
秋空山顶上，杉树离天远。　　　　　　　其角

ながながと　川一筋や　雪の原
一条大河长，穿过雪原上。　　　　　　　凡兆

初雪の　見事や馬の　鼻柱
初雪纷纷扬，马鼻更漂亮。　　　　　　　利牛

黄菊白菊　その外の名は　なくもがな
黄菊白菊最喜人，但愿此外无菊名。　　　岚雪

十団子も　小粒になりぬ　秋の風
十団子变小，秋风冷飕飕。　　　　　　　许六

我事と　鯭の逃げし　根芹かな
欲采水芹菜，根下泥鳅匆匆逃。　　　丈草

長松が　親の名で来る　御慶かな
我代爹娘来拜年，长松添喜庆。　　　野坡

子や泣かん　その子の母も　蚊のくはん
蚊叮咬，儿欲哭，其母亦遭蚊虫苦。　岚兰

焼にけり　されども花は　散りすまし
庆幸灾降赏樱后，房舍遭火烧。　　　北枝

若楓　茶色になるも　一さかり
枫叶稚嫩，染成茶色亦胜景。　　　　曲水

目に青葉　山郭公　初松魚
满目青叶绿，山间子规啼，上市有鲣鱼。　素堂

藁積で　広く淋しき　枯野かな
点点稻草堆，枯野更寂寥。　　　　　尚白

おもしろう　松笠もえよ　薄月夜
淡淡月光下，炉灶燃松塔。　　　　　　土芳

行燈の　煤けぞ寒き　雪の暮
灯笼早熏黑，雪天暮色寒。　　　　　　越人

片枝に　脈や通ひて　梅の花
梅花开在一枝上，脉搏最通畅。　　　　支考

時雨来や　並びかねたる　いさゞ船
冬雨初降，虾虎渔船难成行。　　　　　千那

身の上を　唯しをれけり　女郎花
女郎花，唯见花茎已枯萎。　　　　　　涼菟

　　我在这里选出了芭蕉及其门人当中，比较著名的俳谐师的作品。但选择的标准却不甚严格，其中一些作品也不妨用若干句别的俳人的作品来替换。但只须记住以上这些人的名字，就记住了元禄时代俳坛的中心人物。这也不失为一件好事。
　　除此之外，作为元禄时代的作家，我还必须讲讲上岛鬼

贯及其流派。

> 上岛鬼贯一派的风格被称为伊丹风格。这一群人立足于一个与芭蕉截然不同的体系之中，但从事着类似的俳句创作。（39）

由于它脱离了本讲义"只讲一个大概"的主旨，所以我决定省略不谈。依旧是基于我所谓的"黑暗主义"的立场。

> 尽管我们不能忘记，身为小说家而博得了巨大名声的井原西鹤，他的另一个身份是元禄俳人，但也还是将他埋藏到黑暗中去吧。（40）

关于那句芭蕉的"古池"俳句，子规居士曾在《子规》杂志第二卷第一期上刊登了一篇他的文章《古池俳句辩》。他详细地论述，这句俳句之所以名扬天下，并非是因为它的绝对价值，而是基于它的历史价值，因为芭蕉在吟出此句时得到了顿悟。关于这一点，我在这里概要地说一下。松尾芭蕉原本是在西山宗因门下学习谈林俳谐，当时芭蕉的心得依然是：如果没有滑稽的通俗俏皮风格，就算不上是俳句。他心中思索着，即便并非如此，那也须讲出一番道理来，或者说，不经过一番苦心推敲打磨，就不能称其为俳句。但是，当芭蕉身居深川的芭蕉庵时，在一个静谧的春夜里，青蛙跳入古池发出的水声寂寞地传到耳中。他随即下意识地吟出了"古池苍茫，青蛙入水一声响"。就这样，他连忙点头，对自己吟出的这句俳句十分满意。迄今为止，芭蕉在俳句创作上对自己颇为不满，他一直都在绞尽脑汁，想方设法，考虑着应该如何去打开眼前的僵局，从而让自己迈入一片新天地。他为此一直十分懊恼。这个愿望在这句俳句诞生的同时就迎刃而解了。原来，俳句并不需要多么苦心孤诣地去搜寻生僻艰难的字眼，就这样吟咏就行了。芭蕉得到顿悟，喜不自禁，他立即得意扬扬地不断将此句告诉自己的门徒们。于是，后人们都纷纷推测此俳句蕴含着何种深邃神秘的道理。他们都拼命想解开这个奥秘。而芭蕉本人却对后人的心思一无所知，让他自己感到欣喜的，毋宁说正是在吟咏出本句的平淡无奇的过程中。并且，他就此开创了一条新路，即完成了所谓的芭蕉风格。如此看来，在俳句的历史上，"古池"之句的确具有重要意义。我记得子规先生就是这样来解释芭蕉的"古池"俳句的。我认为这个说法十分有趣，是深入到芭蕉内心世界之中而探寻到的一种深刻解说。

关于俳句"初飘冬雨，猴子也想披蓑衣"，其角在《猿蓑》的序言中是这样说的："吾师芭蕉翁云游之时，在越过伊贺的山中，吟出'初飘冬雨，猴子也想披蓑衣'，是将俳谐之神韵灵魂植入于该句之中……"

也就是说，据其角推测，芭蕉作句是立足于闲寂趣味之上的。当他看到伊贺山中树上的猿猴时，碰巧降下了第一场初冬的冷雨。那场冷雨给人的寂寞之感，就如同沁入了人的内心一样。芭蕉将自己的心情移到了猿猴身上，唱出了它们也想披上蓑衣的愿望。芭蕉当时的心情，就是俳谐的生命。

"前来赏樱花，为何佩长刀"说的是：既然是前来赏樱，有什么必要佩戴长刀呢？完全是无用之物。这是在嘲笑伊达藩武士喜欢佩戴长刀，完全不懂何谓风流倜傥。

"冷雨降，马背淋湿，牛披斜阳"，写的是初冬冷雨在某地分片儿而降的情景。在同一片原野上，马背淋湿了，而同样置身于此的牛，却披着夕阳之光。

"春草种类多，实难呼其名"，到了春天，百草萌发，如马兰草、荠菜、艾蒿、野芹等，各有各的名字。但是要将它们一一记住，却十分困难。句中充满着对春草的亲近之心。

"水鸟喙上粘花，一朵白梅"，水鸟到水中捕食，就会将浮在水面上的梅花粘在它的嘴上。这是一句即席写景的俳句。

"行行复行行，累倒胡枝花原野"，曾良陪同芭蕉踏上长途旅行的道路时，有一次在途中感到腹痛难忍，这就是当时吟出的俳句。要走到哪里为止？走到倒地为止。如果那是一片开满胡枝花的原野，那我就倒在那上面。本句表现出作者对芭蕉的忠实和对胡枝花的依恋之情。

"云雀且等稚鸟，何故独自高飞"，云雀飞得很高，很远，下面麦田里的小云雀却在那里苦苦等候父母赶快落下来。

"更深守夜人,抽签煮饭菜",本句是在芭蕉逝世之前,他的许多弟子都纷纷吟出俳句来安慰老师。当时在场的唯一的医师、负责为芭蕉治病的人,就是本句的作者木节。他身为医生,同时又是芭蕉的弟子,吟出了此句。今晚大家要守夜,可此时已经饿得饥肠辘辘,为了对付一下,想要生火做饭菜。他们决定用抽签的办法选出下厨做饭的人来。恐怕这是当时的真实场景吧。

"秋空山顶上,杉树离天远",秋高气爽、晴空万里的景色中,山顶上的杉树离作者很远,上面就是空旷的长空。本句写得明白如话、印象鲜明。

"一条大河长,穿过雪原上",原野上白雪皑皑,大地上有一条长长的河流。只有河流处的色彩与雪地不同。这也是一句明白如话、印象鲜明的俳句。

"初雪纷纷扬,马鼻更漂亮",初雪飞降之时,偶然向户外一望,拴在那里的马儿的鼻梁上堆满了洁白而美丽的雪花。

"黄菊白菊最喜人,但愿此外无菊名",菊花有许多品种,开起花来千姿百态,但还是黄菊与白菊最美。作者希望,除此之外不要有别的菊花品种了。这表现出作者温柔沉稳的心情。

"十团子变小,秋风冷飕飕",这是秋风浩荡,翻越宇都山时所作之句。宇都山的著名点心,十个拴成一串的江米团子，与过去相比明显地变小了。就连成串的江米团子都变小了，更表现出一种秋风萧杀的心情来。

"欲采水芹菜，根下泥鳅匆匆逃"，作者要采摘水芹菜，将手伸入水中。藏身于水芹菜根部的泥鳅以为要被抓的是自己，连忙逃走了。我记得，内藤丈草的俳句有一种轻妙之趣，曾受到芭蕉的赞扬。本句就是内藤丈草俳句轻妙风格的具体表现。但是，这种轻妙与西山宗因时代的滑稽大相径庭、趣味迥异。此处的滑稽不是低俗的俏皮，而是以描绘事实为主。

"我代爹娘来拜年，长松添喜庆"，新年到了，商人家的少年学徒名叫长松，他代表父母来向主人一家表示祝贺。本句也是从某种人事中找出有趣的情形来吟唱。作者毫无加上戏谑语气之意，只是对这一事实进行平平淡淡的描写。

"蚊叮咬，儿欲哭，其母亦遭蚊虫苦"，这是有名的俳文《焚蚊之辞》（『蚊を焚くの辞』）中的最后一句。钻进蚊帐的蚊子最可恶，咬得孩子欲哭出声来，不光是小儿，他的母亲也遭到了蚊虫叮咬。

"庆幸灾降赏樱后，房舍遭火烧"，这是立花北枝在自己家的房屋毁于火灾后吟出的俳句。虽然遭此不幸，但他感到值得庆幸的是，火灾发生在樱花飘散之后，樱花未被火烧。立花北枝将枝头的樱花看得比房屋与财产更重要。如果对此种心情的渲染过于夸张的话，就会流于陈词滥调。本句恰到好处地止于对事实的简单叙述，保持了全句的淡泊趣味。

"枫叶稚嫩，染成茶色亦胜景"，夏初时节，枫树吐芽。尽管一开始是茶色的，这也算得上是一道胜景。此处为作者发现枫树嫩叶的特质，发出了一声赞美。

"满目青叶绿，山间子规啼，上市有鲣鱼"，这是作者夏天来到镰仓时所作之句。来到这里抬眼一看，群山青翠，映入眼帘，耳畔回响起杜鹃的啼鸣声，还品尝到了这里有名的海产——刚刚捕捞上来的鲣鱼。

"点点稻草堆，枯野更寂寥"，冬天的枯野之上，到处都堆积着稻草，除此之外看不见小树林和农舍，只是一片渺茫寂寞的旷野。

"淡淡月光下，炉灶燃松塔"，本句作于挽留芭蕉之时。我家没有美味饭菜，也拿不出款待您的好东西。但恰逢月光淡淡之夜，小陶炉也好，炉灶也好，炉膛中燃烧的松塔发出的火焰是那么美丽炫目，就这样也够了。

"灯罩早熏黑，雪天暮色寒"，飞雪降下的夕暮，搬出长方形坐地灯笼一看，与洁白的积雪相对应的，是灯笼的煤烟。看见此景，让人顿时更觉寒意逼人。

"梅花开在一枝上，脉搏最通畅"，梅花的树枝看起来就像是枯木，但枝头上却星星点点地绽开了花朵。作者发现有一侧的树枝上开的花最多，这样看来，是不是这根树枝的脉搏最为通畅呢？

"冬雨初降，虾虎渔船难成行"，在近江的湖上，有许多捕捞虾虎鱼（白鱼）的船只。突然，冷雨从天而降，刚才还一直静悄悄地排列成行的虾虎渔船一下子便乱了阵脚。句中描写的是一阵大风带来冷雨的情形。

"女郎花，唯见花茎已枯萎"，描写女郎花（黄花败酱）的风情，说起女郎花这个名字，也让人如同看见了人类女性的婀娜身姿。花带着露水，却开始枯萎了，这更让人联想起与女性的特色十分吻合的红颜易老、顾影自怜的身姿来。

以上对各个俳句都只是做了简略的解释。我在前面列举出来的两三个例句之上，又一并举出了这一系列俳句来，希望大家能够将它们结合起来思考。在芭蕉的麾下，被统率着的元禄时代的俳句，究竟有着何种风貌呢？读完这些俳句，就能大体上明白了。

元禄俳句的特点概括来说：枯淡、人情味、朴素、平明。（41）

这是一个特别明朗的时代，但元禄过去之后，黑暗时代又来临了。这并非是说那个时代的历史事实不清晰，不过是一个让它沉沦掩埋到黑暗一页之中去也无伤大雅的时代。

刚才我讲了，在以众多元禄俳人为中心的历史时期，一个非常明朗的时代清楚地浮现在我们眼前。其后，俳谐却又进入了黑暗时代，不过不久之后，又有第二个光明时代展现在我们眼前。

　　这就是以芜村为中心的安永（1772—1781）、天明时代（1781—1789）的俳句界。(42)

　　菜の花や　月は東に　日は西に
　　菜花金灿，淡月东升，夕照染西天。　　芜村

　　鮮き　魚拾ひけり　雪の中
　　皑皑白雪路，拾起鲜鱼来。　　　　　　几董

　　宿直して　迎へ侍りぬ　君が春
　　宫中值宿后，迎来主君春。　　　　　　月居

　　夜を春に　伏見の芝居　ともしけり
　　春夜伏见唱大戏，灯火已燃起。　　　　田福

　　南宗の　貧しき寺や　冬木立
　　贫寺属南宗，冬天枯树丛。　　　　　　月溪

　　うき人の　手拍子の合ふ　踊かな
　　平生不得志，拍手跳盆舞。　　　　　　百池

四つに折りて　戴く小夜の　頭巾かな
头巾叠四折，寒夜戴头上。　　　　　　　　无肠

父が酔　家の新酒の　嬉しさよ
品尝家酿酒，老父醉陶然。　　　　　　　　召波

山吹も　散らで貴船の　郭公
棣棠花未落，贵船神宫闻子规。　　　　　　维驹

秋の風　芙蓉に雛を　見つけたり
秋风萧瑟起，芙蓉花丛见雏鸡。　　　　　　蓼太

ところどころ　雪の中より　夕煙
随处可见，雪中起炊烟。　　　　　　　　　阑更

我寺の　鐘と思はず　夕霞
晚霞辉煌，晚钟不似吾寺撞。　　　　　　　蝶梦

囀や　野は薄月の　さしながら
月光淡，夕照黯，春鸟婉转。　　　　　　　啸山

衣更　独り笑み行く　座頭の坊
盲僧换夏衣，独自微笑渐远去。　　　晓台

秋萩の　うつろひて風　人を吹く
胡枝花开败，秋风无情吹。　　　樗良

初蝶の　小さく物に　紛れざる
初见彩蝶舞，身小不藏花草中。　　　白雄

頬はれて　上戸老行く　暑さかな
双颊下垂，嗜酒老人度暑天。　　　太祇

古草に　陽炎を踏む　山路かな
荒草上，踏阳炎[1]，山路弯弯。　　　大鲁

うしろから　馬の面出す　清水かな
后面伸出马脸来，也想喝清水。　　　一鼠

1　阳炎：在日光强烈的春天或夏天的海滨，可看到物体摇动的现象。因靠近地面温度高的空气和周围空气的密度差所产生的光折射而引起。——编者注

今朝秋と　知らで門掃く　男かな
洒扫门前男子，不知今朝立秋。　　　存义

霧の海　大きな町に　出でにけり
穿行过雾海，来到大市镇。　　　移竹

ぬしの無い　膳あげて行く　暑さかな
无主膳桌悄悄撤，暑热时节。　　　几圭

夏を宗と　作れば庵に　野分かな
夏季渴望凉爽，草庵又逢台风。　　　也有

　　在安永、天明时代，俳谐连歌似乎都不太兴盛。虽然与谢芜村与高井几董都曾做过尝试，还出现了加藤晓台等这方面的有志之士，但其作品与俳句相比，都显得低人一等。要了解安永、天明时代的俳句界，我们可以将俳谐等问题先放置在一边也无妨。

　　要从当时的俳谐宗匠之中，选出一位在社会上具有很大影响力之人，大岛蓼太可算得上是其中之一。但是，从俳句的创作技巧来看，则要首推与谢芜村。芜村的门下还有高井几董、江森月居、川田田福、寺村百池等人。无肠是上田秋成的俳号，他作为俳人与芜村曾有过交往。我们还可以列举出身为汉学家兼编撰人的三宅啸山、元禄时代研究家兼古书翻刻人蝶梦和尚。

黑柳召波也是与高井几董等人一同在芜村门下学习的俳人之一。但他与高井几董等人相比，年龄与社会地位都算得上是老前辈。维驹是召波的儿子，是《五车反古》[1]一书的编者。

我在前面已经讲过，炭太祇是芜村的友人，但多少要比芜村年长一些。芜村的俳句豪宕磊落，而炭太祇的俳句则是描写人事。他们两人都是不可多得的杰出人才。大鲁也是芜村门下的高足。江户时代的俳人一鼠，我记得他曾在其著作序言中说，大鲁曾对他的作品进行过评定。当时的俳句界还有几位能与一鼠相提并论的人物。

蓼太、阑更、蝶梦、啸山、晓台、樗良、白雄，这些俳人都是芜村的友人，他们几乎都在同一时代各自称霸一方。另外还有存义、移竹、几圭、也有等人，亦是芜村的友人，或是前辈。他们在引导安永、天明时代的俳句复兴运动中分别立下了功劳。

"菜花金灿，淡月东升，夕照染西天"，写的是春天夕暮时分的光景。那里盛开着满地的油菜花。向东方望去，洁白

---

[1] 《五车反古》：中文意思是"五车废旧字纸"，是作者从中国成语"学富五车"得到启发，编写出来的幽默自嘲的书名。

的月儿已经升起，而朝西一望，开始落山的夕阳将云彩染成了红色。这是京都一带常见的如同白昼一般的景象。这与元禄时代的"一条大河长，穿过雪原上""点点稻草堆，枯野更寂寥"一样，都是用写实的手法来描绘风景。但是，拿芜村的"菜花金灿"一句，与前面那两句相比的话，给人的印象则更加鲜明。并且，这道风景本身就十分迷人。这不仅是因为春天与冬天的景色大不相同，前句只将"大河""稻草堆"作为原野上点缀景色的唯一之物，但芜村俳句则描写了东方升起的新月及西方落下的夕阳。

"皑皑白雪路，拾起鲜鱼来"，写的是作者正在雪地上行走，路上有人掉下一条鱼，他拾起来一看，是一条很新鲜的鱼。在洁白的雪地上，鱼的鳞片闪现着光彩，鱼肉新鲜，作者捡起鱼来，心中充满了快乐。

"宫中值宿后，迎来主君春"，描写的是诸位武士的经历。除夕晚上，他们要到宫殿值宿，当天色开始朦朦胧胧地发白之后，就是新年的清晨了，由此喜庆地迎来了主君的春天。

"春夜伏见唱大戏，灯火已燃起"，京都伏见乡间的戏剧演出，夜里一直灯火通明，如同白昼。时值春天，灯火如同白昼则是一种夸张的写法，本句描写的景致华美，技巧也十分出色。

"贫寺属南宗，冬天枯树丛"，本句的作者月溪，即有名的画家吴春,因此句中才出现了"南宗"[1]这一词语。[2]意思是在冬天的树林中,有一座显得贫穷寒酸的寺庙,这恰如南宗画派的风景画描绘的景色。若只是写"冬天的树林中,有一座贫穷寒酸的寺庙",表现的是元禄时代的俳句中所见的那种枯淡的景色,而加上"恰同南宗画派"一句,又增添了天明年间的特色。

"平生不得志,拍手跳盆舞",满怀忧郁、一生中都无法实现自己的愿望之人,有时也会在盂兰盆节时,拍起手来跳盂兰盆舞。即使众人拍手的节奏与自己的节奏相吻合,也只能是徒增胸中块垒而已。

"头巾叠四折,寒夜戴头上",夜深了,俳句创作互选会正在进行之中,大家感到十分寒冷,有人将刚才摘下来放在自己右边的头巾又拿了起来,叠成四折,戴在头上。从以上两句俳句可以看出,安永、天明时代的俳句与元禄时代的作品相比,并没有什么大的不同。但在风格的纤细与精巧方面,仍然出现了一些变化。

"品尝家酿酒,老父醉陶然",自家酿造的新酒,最能博得老父的欢心。于是,他比平常喝得多了许多。我们可以想象出来,自己能酿酒的家庭,属于比较富裕的阶层。高高

---

[1] 南宗:一指南宗佛教,唐代慧能在南方传播南宗佛教,主张顿悟。二指南宗绘画,即明代董其昌开辟的南宗山水画,以唐代的王维为始祖。
[2] 吴春所画的为南宗画,故有此言。——编者注

兴兴地喝自家酿造的酒，由此可以看出一种积极的乐天生活态度。

"棣棠花未落，贵船神宫闻子规"，京都洛北的贵船神宫一带，依然是春意阑珊，棣棠花还未飘落，耳边又传来了子规的声声啼鸣。

"秋风萧瑟起，芙蓉花丛见雏鸡"，开始吹起秋意渐深的凉风了，作者突然发现在芙蓉花下有一只雏鸡。雏鸡非常小，慌慌张张地走来走去。一开始作者并未特别留心它，仔细一看才发现，与可爱而美丽的芙蓉花庄重沉稳的画面相对照，这一抹寂寞的色调中，有一只雏鸡，构成一幅秋景图。这是在谈及秋风时，只能联想到洗尽铅华的萧杀之气的元禄时代没有的风情。如此说来，安永、天明时代的俳句具有色彩这一特点，可以在秋风之中寻觅得到。

"随处可见，雪中起炊烟"，辽阔的茫茫雪野之上，黄昏时分，到处都升起了袅袅炊烟。

"晚霞辉煌，晚钟不似吾寺撞"，僧人走出自己的寺庙，来到别的人家时，听见了日暮时刻的晚钟声，正值晚霞笼罩山野时分。那钟声虽然是从自己的寺庙中传来的撞钟声，但处于此刻心情的他却不这么认为。从远处传来的钟声是那样熟悉，却又显得那样陌生。

"月光淡，夕照黯，春鸟婉转"，此句与芜村的"菜花金灿"之句有些相似。原野之上，黄昏的月儿已经升起，尽管月光已淡显，但春天的小鸟依旧鸣叫不停。

"盲僧换夏衣，独自微笑渐远去"，到了夏天，盲僧也换上了夏衣，怀着一种清爽的心情，独自露出微笑，拄着拐杖正在行走。

"胡枝花开败，秋风无情吹"，胡枝花的大部分都已衰败，花色也已消退了，令人感觉微微寒冷的风吹在身上。胡枝花开得旺盛之时，风儿就像脉脉含情似的吹拂着胡枝花。但此时，秋风却似乎与胡枝花毫无关系，只是毫不留情、气势萧杀地对人吹过来。在此，我们要注意那种在元禄时代还不曾看到过的精细技巧。

"初见彩蝶舞，身小不藏花草中"，到了春天，就会看到蝴蝶纷飞，它的个头是那样小巧，似乎会完全隐没到花草之中，但小小的蝴蝶却不愿让自己的身影被花草遮住，依然不停地在四处翩翩起舞。这是一句风格纤细的俳句。

"双颊下垂，嗜酒老人度暑天"，本句描写嗜酒老人的特点。好喝酒的老人，上了年纪之后，会明显地出现肌肉松弛的现象，面颊就会渐渐地开始下垂。在旁人看来，老人显得不胜炎热，但他依然是杯不离手。炭太祇用"はれて"（肿）这个词语来表示"下垂"的意思，这是他独具特色的一种修辞法，属于元禄时代没有的人事写生风格。

"荒草上，踏阳炎，山路弯弯"，早春时节，在山路上行走。去年的衰草依然是一片枯黄，却开始冒出温暖的阳炎了。

"后面伸出马脸来,也想喝清水",自己正蹲在水边,用双手掬起一捧清水来准备一饮而尽,却从后面伸出一张长长的马脸来了。这虽然是一句滑稽的作品,却并非低俗之流,仅仅是在描绘事实。

"洒扫门前男子,不知今朝立秋",意思是某位男子不知道今天就是立秋,正在洒扫门前。事实上立秋之日仍然还很炎热,不会发生什么明显让人感觉到季节变化的自然现象。特别是从夏到秋的季节转换,往往就在不知不觉中过去了。洒扫门前的男子不知秋天已经来临,有人却知道今日立秋,正在扫地之人的身边看着他。对这个人来说,这样就会更加感到立秋的寂寞。我想,本句就是在描写这样的心情。

"穿行过雾海,来到大市镇",本句描写的是夜雾还是朝雾,这一点不甚明了。总之,浓雾弥漫,笼罩四野,才算得上是"雾海"。正在雾海中行走时,突然来到了一个相当大的市镇。这是我们常常会经历的实际场景。

"无主膳桌悄悄撤,暑热时节",宴会上,每位客人的桌前都有"配膳"[1],这时却出现了一个空位,没有客人来享用。不久,女招待无意之中发现这里是空位,便悄悄地前来将这个小膳桌撤下去了。不由得让人感到扫兴和意外。虽然这是一种琐碎的心情,但是在正规的宴会上,这样的情形是令人

---
1 配膳:每人面前放置一个小膳桌,上面有一套膳食与餐具。

不畅快的。而"暑さかな"（暑热）的季语指的是令人难耐的季节，作者便将自己不愉快的心情寄托在"暑热"之上了。

"夏季渴望凉爽，草庵又逢台风"，夏季里要让人感到凉爽，这就是我建造草庵的唯一目的。可到了秋季，台风渐多，强风吹拂又让人受不了。

通过以上的解释，我们看到，与元禄时代的俳句相比，天明年间的俳句具有以下特点：

> 天明年间的俳句，与元禄时代相比，自然是独具特色。简言之，天明俳句具有华美、活泼、纤细、精巧别致等特点。（43）

但是，我们还必须注意到，能得出这样的结论来，是因为与元禄时代的俳句进行了比较。如果将其与西山宗因之前的俳句进行比较的话，天明俳句绝非像元禄俳句对待西山宗因时代的俳句那样，对元禄俳句也来了一场颠覆性的变革。

> 总而言之，天明俳句依然是活跃在元禄时代芭蕉一派的范围之内。他们不过是在元禄时代尚未充分进行耕耘的方面继续锄地罢了。（44）

我认为，这是通过观察芭蕉在连句、俳谐方面从事的工作，以及其角在俳句方面所进行的一部分工作，即可以轻易得出的结论。

> 简要地说，天明俳句并非是完全脱离了元禄俳句，而去另起炉灶。天明俳句只不过是对元禄俳句的不足之处进行了补充而已。（45）

> 接在与谢芜村等人的天明时代之后的，还有以小林一茶为中心——不如说是只有小林一茶独自一人大放光彩——的时代。因为他对众多的俳人没有产生过巨大的影响，因此，我在这里就对小林一茶略去不谈了。（46）

我们这样来考虑的话，是很恰当的：小林一茶作为个人，是一位了不起的作者，但他却只像是彗星一样划过了夜空而已。

此后，漫长的黑暗时代又一次降临。除去小林一茶之外的文化、文政时代（1804—1830）也是一个黑暗时代。还有，接下来的天保、弘化时代（1831—1848）同样是一个黑暗时代。虽然有人在黑暗之中依然会摸索着前行，但我的这部"俳谐简史"将对此只字不提，也将其视为黑暗的一页。这样一路走下来，直到明治三十年（1897年）左右，才终于望见了一座充满光明的城堡。

这就是以我们子规居士为中心的一个阵营。因为其中的很多战士都是我的朋友，在此，子规以外的战友的名字，我就姑且搁下不提吧。

  山吹に　一閑張の　机かな

  棣棠花放，纸胎漆桌一张。　　　　　　　子规

论述以子规居士为中心的明治俳风，这个话题放到下次再谈，这里就省略了吧。我只想对举出来的子规例句说上几句。棣棠花开放在庭院之中，客厅里有一张一闲纸胎漆器[1]小桌子。字面意义仅此而已，子规只不过是忠实地描写出了这个事实而已。我绝不是说因为是子规的作品，就是好俳句。不过，以子规居士为中心创作的明治俳句，开始尝试着去开拓天明时代不曾有过的新领域，正是为了说明这一点，我才举出了这一句例句。

棣棠花，再配上一闲纸胎漆器小桌子，表达的是什么意思呢？诸位一定会提出这样的问题来，这是理所当然的。事实上，居士家的院子里真的有棣棠花开放，他跪坐在前用来

---

[1] 一闲纸胎漆器：一闲（1578—1657），江户时代漆器工匠，来自中国明朝。因躲避战乱而来到日本，带来了纸胎漆器的技法，其技艺由子孙世代相传。

工作的小桌子正是一闲纸胎漆器的小桌子，事实不过就是如此。但是，子规将这两者结合起来，吟出"棣棠花放，纸胎漆桌一张"并非随意为之。长期以来，子规目睹着这两样东西，他在棣棠花与一闲漆器小桌之间，看到了某种饱含生命力的诗意。他自然而然地就将这二者结合起来，吟咏出了这样的俳句。我认为，这正是大自然对他发出的难以违抗的命令。

在本句之中，同时充分包含子规居士提出的写生、景物配合、客观描写的创作主张。（47）

我认为，那些会说此俳句没有意思的人，就是对居士吟出此句的过程中的心情，缺乏理解与共情的人。他们听不见居士潜藏于内心之中的感情波涛发出的声音。这样的俳句，我在居士生前的同时代人的作品中曾见到过很多，但是在居士去世之后，便绝迹了。

子规居士的主张之中，直到今日都充满着一种更加强大的力量的，就是写生。（48）

这种提倡写生的主张并非到了明治时代才开始出现，早在元禄时代就已经诞生了。到了天明时代，则变得更加明显。

进入明治时代后，更是增加了巨大的分量。

关于子规主张的写生，我本来想另外专门设置一章来论述，但本讲义在今天结束，由于篇幅所限，虽然会让人感到遗憾，在这里还是将此话题略去吧。

俳谐简史也就此搁笔。

本来，俄国文学自不待言，还有像英、法、德、意等国的文学，也都传入了日本，日本文坛不断受到它们的影响。这是一个显著的事实。但是，在这个过程之中，作为日本的文学——生于日本国土之上，长于日本国土之上——而存在下来的，俳谐至少是属于其中最主要的内容之一。我认为，日本的俳谐，或者是以俳谐为基础的文学，正是因为有了芭蕉、芜村、子规等先辈，才会令人感到骄傲。在这里，我得出这样一个结论。

十二　俳句是以芭蕉奠基，由芭蕉、芜村、子规耕耘出来的日本文艺领域的一方领土

俳句之道

おやをもり　俳諧をもり　もりたけ忌
守护双亲，守卫俳谐，守武*忌辰。　　虚子

*荒木田守武，室町末期俳人、连歌师。天文十八年（1549年）八月八日殁。

序言

我将两三年来在杂志《玉藻》[1]上连载的短篇俳句漫谈汇集起来，便成了这本小书。也许，书名叫"玉藻俳话"也未尝不可。无论怎么说，我所信仰的俳句就是如此，于是就将这些谈话记录下来了。

其实有这样一个事由，前些年，岩波茂雄君[2]跟我说，在既有的岩波文库系列[3]基础上，未来还计划发行岩波新书系列[4]，为此，希望我能为新书系列写一本名为《俳句之道》的书。我答应下来，说："如果可能，我就试着写写看吧。"后

---

1 《玉藻》：俳句杂志，1930年6月创刊，由高滨虚子的二女儿星野立子主办，宗旨是"对俳句初学者进行指导，实现女性俳句的飞跃发展"。
2 岩波茂雄（1881—1946），日本著名出版人，于1913年8月5日创建岩波书店。
3 岩波文库系列：文库本，即口袋书，1927年7月10日开始发行。首次刊行书目包括夏目漱石《心》、幸田露伴《五重塔》、樋口一叶《浊流·青梅竹马》、托尔斯泰《战争与和平》（第一卷）、契诃夫《樱桃园》等。因物美价廉而风行全国，岩波书店是日本第一家推出口袋书的出版社。
4 岩波新书系列：1938年11月20日开始发行，包括一系列优质启蒙书。

来，十年、二十年的岁月流逝而去，茂雄君也早已作古。最近，岩波书店又重新向我提起了约稿一事，他们希望能在岩波新书系列中推出《俳句之道》一书。过去，我未能回应茂雄君的嘱托，心中颇感愧疚。于是我回答说，将我最近开始在《玉藻》上连载的俳句谈话之类的文章汇集起来，要是这样做可以的话，我就从命了。对方回答说："那也可以啊。"之后又过了一两年，稿子终于逐渐凑够了一本小书的分量。书名也最终定为《俳句之道》。

我将自己的一系列谈话连缀成了这部书稿，只不过是将自己过去常常讲述的一些有关俳句的随笔整理出来，对其语言进行了一番修改润色罢了。我对俳句的信仰不曾改变。但是，人需顺应时代，即物运笔，因此，拙著对今天的俳句界而言，也并非无用赘言吧。

       昭和二十九年（1954年）十月二日
          于镰仓草庵
          高滨虚子

俳句之道

一

从吾等之感觉而言，全世界不曾有像日本这样景色优美之国度。我这样说，那些了解世界各国情况的人士就一定会提出异议：哪有这么回事？如此这般的景色在这个国家会有，那种风情的景色在那个国家也有；你不知道这样的事实，也没有周游世界各地，你只见过日本，就说出这样自卖自夸的话来，真可谓是井底之蛙；你定会遭到见多识广之人士的嘲笑吧，在说这样的话之前要多想一想，还是谨慎一些为好。

这话说得不错。我虽然只是到法兰西进行过一次短期旅行，但是一路上也接触到了各种各样的景色：中国的江南风光，锡兰（斯里兰卡）的落日景观，法兰西罗纳河畔满树新芽的春色、默东森林的骤雨场面，德意志莱茵河的古堡雄姿、比利时开满风信子和郁金香等花卉的田园花海、荷兰的风车、伦敦的大雾……我所见过的景色数也数不清。但是，我们的国家日本，尽管国土面积狭小，却包罗了山脉、谷地、河流、平原、湖沼、港湾、漫长的海岸线等各种景致。并且气候不算炎热，也不算寒冷，也就是说，不会遭受酷暑严寒这种来自大自然的虐待。春、夏、秋、冬四季，有规律地不断循环，富于变化。一年四季有着不同的鲜花草木、飞禽走兽、昆虫鱼类，还有各种天文地理的现象。我们能够享受这样的景物变化，我认为这首先是由于日本这个国家享有大自然得天独厚的恩惠。

因此，日本自古以来就流传着许多歌咏自然景色、赞美人类与大自然共同生存的文学作品。

首先，古代和歌就是这种文学的典范。虽然古代和歌之中有很多吟唱人情、讴歌恋爱、吐露哀别离苦、感叹人生无常的作品，但也不乏不少吟咏风景的和歌。《万叶集》中的和歌诗人山部赤人，他吟唱自然景色的作品最为出色。还有柿本人麻吕，也留下了许多咏唱景色风物的和歌。像《源氏物语》之类的物语文学，《枕草子》这样的散文精粹，也有很大的部分是在吟咏自然景色。而即便是在谣曲[1]的唱词中也有很多讴歌自然景色的唱段被广为传唱，脍炙人口。

我只举了日本文学的例子，而不涉及中国与西洋文学的

---

1 谣曲：只吟唱能乐的词章的曲艺表演。

例子，就在这里大发议论，难免让人讥讽为井底之蛙。吾等仅从自己所知的、极其狭窄的范围之内的中国文艺、西洋文艺的一小部分作品来看，就会觉得他们讴歌大自然的倾向都不如日本文学作品那样强烈。

在日本，从足利时代开始，就诞生了连歌、俳谐，歌颂大自然的倾向越发显著。特别是从俳谐中衍生出来的"发句"，终于发展成了一种独立的诗歌。"发句"几乎就是作为一种专门用于讴歌景色的文学而兴盛的。而这里指的景色风物，其实具体是要歌咏伴随着四季变化而发生的自然现象。

吾等以日本的景色风物而自豪，同时也为"发句"这种日本特有的文学形式而感到自豪。

为何西洋咏唱自然的文学不如日本那样发达呢？这常常会让人觉得不可思议。还有，再说到绘画，西洋的油画、水彩画作品中，也有不少描绘风景的作品，为什么文学作品中就不那么多了呢？这一点也让人不可思议。对于这一点，我是这样解释的：

通过写较长的文章来描写风景，这是一件让人感到乏味的工作。即便是使用优美的笔致来描绘美丽的风景，只要文章中没有人物登场，同样会让读者感觉无聊。单纯描写景物的文章会缺乏刺激性。而要是有人物出现，开始活动，一下子就会在读者的心中引发出兴趣来。用冗长的文章来描写风景是不合适的。但是在日本，有用十七个假名（音节字母）

构成的、形式极其短小的诗歌，我们就用这种短诗来歌咏自然。当然，三十一个假名的和歌也能歌咏自然，但还是这种比和歌更短小的俳句最适合讴歌大自然。

从连歌的"发句"、俳谐的"发句"一路发展而来，我们今天将"发句"称为"俳句"。但是，今天的"俳句"与过去的"发句"相比，却不曾发生过一点变化。

另外，我在西洋看到西洋人居住的房屋样式时，我感觉到，西洋人的确是不会喜欢俳句这样吟咏自然的诗歌的。他们住在砖石结构的房舍里，即便是要去花园，如果不打开房门，便无法去到花园里。还有，想要眺望庭院，也需要打开窗户。但是，住在日本式的房屋，屋子有外廊，踏脚石上放有专门用于在庭院中散步的木屐。穿上木屐，便可以立刻来到庭院之中。只有夜晚才会合上房屋四周的挡雨板，在家和庭院之间划上一道严格的界限来。而在白天，家和庭院之间是几乎没有阻隔的。我认为，这种区别不光是体现在日本建筑与西洋建筑之间，中国建筑也有与西洋建筑类似的倾向。中国人要用厚实的墙壁环绕自己的家，房舍与房舍之间尽管有内院，但可以想象出来，庭院里似乎还会安放上太湖石。总之，中国的房舍不像日本那样将生活区域与庭院融为一体。

也许可以说，日本的居住文化还属于低级阶段，尚未达到文明的高度。但也正因为日本气候温和，房屋的内外温差不大，人们可以自然而然地与自然亲近，营造自己的生活。

人们切身感受着春夏秋冬的变化，将其看成莫大的享受。我想，这就是热爱大自然，讴歌大自然，使得称为俳句的这种文学体裁发达起来的原因。

《玉藻》1952年6月刊

二

我曾前往巴黎，到一家日本人经营的名为牡丹屋的料理屋，与"HAIKAI 诗人"团体聚会。"HAIKAI 诗人"的创始人，是曾经居住在日本的一位叫作古硕德的医生，他知道了日本有一种称为俳谐的诗歌，回到巴黎后便开始仿效、推广，并将其命名为"HAIKAI 诗"。[1] 于是，有一位叫沃卡思的人，以旺盛的精力来写这种"HAIKAI 诗"，并一举成名。此时，沃卡思已经是一位岁数不小的老人了，因此缺席了这次"HAIKAI 诗人"的聚会。但我受到他的特意邀请，专程去拜访了他的家。在此之前我一直认为他与我大体上是同龄人。沃卡思也好，此前的"HAIKAI 诗人"团体聚会也好，都是模仿俳句的十七个假名，创作十七个音节的法语诗

1　俳谐的日语发音为"はいかい"（haikai），故如此命名。——编者注

歌，但是就俳句至关重要的元素——"季题"，却无人将此问题放在心上。他们所咏出的诗歌，主要是富含哲理、讽刺时事、讴歌理想、抒发感情之类的题材。我尝试着向这一群法国的 HAIKAI 诗人们，将"季题"说明了一番，想让他们理解，俳句是吟咏四季之中的诸多现象的诗歌。此外，感情也好，理想也好，偶尔带上一些哲理也好，也是可以的。但是，应该按照"季题"来吟出这些内容。我做了以上的说明，但许多 HAIKAI 诗人却并不赞成这一点。不过，古硕德在聚会上向我展示了他的诗作（原文为法文，日文为意译）：

> Dans un monde de rose' e
> Sous la fleur de pivoine
> rencontre d' un instant.　　　Paul Louis Couchoud

> 露の世に
> ぼたんの花の下で
> お目にかかったひと時

> 露水正浓，
> 牡丹花下，
> 片刻与君逢。　　　保尔·路易·古硕德

这篇HAIKAI中，的确是加上了"露水"这样的季题，它抒发的是古硕德与我相逢时的心情，而且很符合俳句的规则。但是其他HAIKAI诗人的作品，统统都属于与俳句相去甚远，没有"季题"的普通诗歌。我知道，他们仅仅是遵守了十七个音节的规则，就将其称为俳谐。我告诉他们，这并非就是俳句。但是他们却似乎很难理解。当然，诗歌是用来抒发感情、表达思想的文学形式。在必须要有"季题"这一点上，有些难以理解也在所难免。

可就算我急于要向他们讲解"季题"，但这个概念要得到他们的理解，看来还需要相当长的岁月。首先，《岁时记》这样的书籍在法国是不存在的。在日本，北村季吟首次编撰出了汇集"季题"（季语）并进行评论解释的工具书《山之井》。后来，又经过元禄与天明年间，季题的数量不断地增加，又多亏了曲亭马琴[1]缜密的大脑加工，编撰出了《岁时记入门草子》（『俳諧歳時記栞草』）。到了明治、大正、昭和年间，有各种各样的《岁时记》出版，"季题"的汇集与罗列方法日益成熟，这就是今天的现状。即便是在日本，《岁时记》从诞生到成熟，也经过了如此漫长曲折的过程。如今，突然要在巴黎谈论"季题"，要让那里的诗人和读者马上接受，真可谓强人所难了。我为了让他们逐步理解真正的日本俳句，

---

1 曲亭马琴（1767—1848），江户时代后期的小说家，代表作有《南总里见八犬传》等。

便开始尝试着翻译俳句，刊载于每个月的杂志上，希望让他们至少能有机会与"季题"亲密接触一下。一位居住在摩洛哥的法国人，受到这些翻译俳句的刺激，曾给我寄来了带有"季题"的创作俳句。后来，第二次世界大战爆发，出于无奈，这件事就此搁置，不得不中断了。到了战后，最近我与沃卡思又开始通信了。但是，沃卡思依然不把"季题"当回事，说他仍然在创作"HAIKAI 诗"。

这只是一次短时间的旅行，在这六十天的旅途中，我心中深切地感受到，世界各地的天然风光难以孕育出俳句来。正如我在前面说过的那样，世界各国的人们，他们的居住条件与自然风光，人与自然的关系都不如日本这样亲近，也许这就是最首要的原因吧。另外，山川草木方面等气候的变化现象也不如日本那么显著，也许这也是原因之一吧。我到达柏林的时候，曾驱车去过一个叫作云达的地方。据说，云达是观赏樱花的风景名胜之地，生长着许许多多的樱花树。樱花树下有许多桌子，悉数都被游客占领了。但是，那里的樱花却不曾给我留下深刻的印象。另外，前来赏樱的游客的表情，并未为我营造出一个创作俳句的气氛来。在比利时的安特卫普郊外，我去观赏了风信子与郁金香的花海。可是，当时有一台广播车盘踞在花海当中，正在拼命地播放着歌曲。除此以外，没有任何事物能够引起人的兴致。还有，我曾打算在伦敦的基尤皇家植物园进行一次行吟活动，正巧那时伦敦的姑娘们在春天开得正盛的梨花林与从日本移植而来的正在盛开的樱花林中，三五成群地昂首阔步。可那光景与我们在日本赏樱的胜景中所见到的风情与感觉，实在是大不相同。

这一切是因为天然景观、季节物候本身给人的感觉，与日本的完全不相同吗？还是因为人们对大自然与季节的感觉有所不同？总之，我不由得认为，欧洲缺乏催生出吟唱花鸟俳句的条件。迄今为止，西洋吟唱花鸟的诗歌便不曾兴盛过，这样的事实也许是一种宿命吧。至少时至今日，欧洲还没有编撰出《季题汇编》《岁时记》这样的书籍来。这让我不禁想到：人们无法了解自己日常生活之外还存在一个花鸟风月的世界，是有其原因的。

经过这样一番思索，我不得不得出这样的结论：我们日本人从远古时代开始，就留心大自然中的种种现象，为四季的变迁而动情。与大自然一道创造出丰富的生活，我们真是享受到了一种来自上天的得天独厚的恩惠。

外廊与庭院之间有一种亲密无间的关系，人不是被封闭于砖头砌成的墙壁之中。我们住在日本式的房舍之中，经常以开放的姿态来面对花草树木。这种生活，是在极其严寒或是极其暑热的环境中的人们所无法理解的。地处温带，这不就是我们日本与众不同，特别享受到了大自然的恩赐吗？就这样，歌咏大自然的诗歌俳句诞生了，这是何等幸福之事！

日本也面临着都市生活不断发展的问题，高层建筑四处拔地而起，生活方式也自然而然地日益西化。不仅如此，西方的文艺思想也开始不断浸润日本人的头脑，日本人的思想也开始逐渐西化，这是一种普遍的看法。但是，我们不能忘记，日本的大自然风光明媚，四季循环有序，我们身居于享受着上天恩惠的日本，还继承了祖先传下来的特殊文艺形式——吟咏花鸟的诗歌。不仅如此，我们还必须将这独步于世界的民族文艺进一步、再进一步地不断发展下去。另外，我还不得不说，要将西洋传来的新文艺思想移植到俳句中去，这是一种不大可能实现的愿望。俳句是我们的祖辈传给我们的传统文艺。我们要悉心守护，继续培育这门诗歌艺术。这正是我们的义务与自豪之处。

一个民族在某一片土地上成长起来，便背负着生于斯，长于斯，生生不息的宿命。俄罗斯文艺、法兰西文艺，这些都是由本民族生养出来的文艺，其中包含着这个民族的光彩与自豪。我们拥有的日本文艺，也是一种注定只会诞生于日本的文艺，其中也包含着大和民族的光彩与自豪。

无论何时我都要强调，俳句是一种不可轻视"季题"的文艺形式。在牡丹屋举办的"HAIKAI 诗人"的聚会上也好，在沃卡思邸的相聚也好，我都强调了"季题"。但是，法国人不但不看重"季题"，还不把"季题"当回事，我对他们的心情大体上能够理解。这是因为包括法国在内的许多地方所能见到的景色，山川草木之上体现出来的四季变化、呈现出来的色彩、给人的感觉，都与日本国内不同。四季变化影响人类的巨大力量以及人们接受这种影响的心理准备，这些也与日本存在着巨大差异。

我立足于这一点来回望日本，想起了"蓬莱岛"这个词语。（以前，我在每日新闻社出版发行俳句集《日本百景》时，社长本山彦一先生问我，想为这本书题词的话，写什么好呢？我回答说："就蓬莱岛吧。"于是他就按我的意见题写了这三个字。）可以说，日本是东海之上的一个孤岛，与亚洲大陆、欧洲大陆、美洲大陆等相比，真是一个渺小的岛屿。但是，在这有限的国土范围之内，有山岳、湖泊、高原、平原，有河流、瀑布、火山、温泉，海岸线上的曲折繁多，有白沙青松的景致，也有断崖绝壁之处。黑潮北上，寒流南下，纷繁的自然要素笼罩着小岛。并且，春、夏、秋、冬的四季嬗递比较顺畅，草木花鸟的色彩异常丰富，而且温文尔雅（这里没有在热带地方所见到的那种强烈而单调的颜色。与欧洲大陆所见的景色相比较，日本的色彩种类丰富而且细腻）。还有，燕来、雁归、在春夏之交飞舞的各类彩蝶、秋冬之际的各种虫鸣，这一切的自然现象，都呈现出复杂多样的特点来。此外，如同我此前说过的那样，人们的生活本身，与大自然相互接触。我们常常会感觉到，自己是在大自然之中嬉戏。我们身居景色按照四季推移而不断变化的自然界之中。

因此，我们身居蓬莱岛，就会产生出一种礼赞这仙岛风景的愿望。我在前面说过，以和歌、物语文学为首，直到专门吟咏自然风景的俳句诞生，都绝非是一种偶然现象。在法国虽然兴起了称为"HAIKAI"的诗歌，但它只是采用了十七个音节的俳句形式。当然，这也是俳句的要求之一，可他们却忘却了至关紧要的"季题"，实在是令人感到遗憾。回过头来，再看我们日本的俳句，或许可以说这就是在日本才能兴盛起来的文学。想到这里，我们心中就会涌起一股崇敬与自豪的心情。

《玉藻》1952年7月刊

三

人类之始，曾是一种怎样的景象呢？总之，要生存下去乃是人类面临的第一要义。熬过酷暑严寒，经受雨露风霜，这也很重要。但获得食物一定是至关重要之事。为了获得食物，需要在田地上种植农作物。但在农业兴起之前，采摘树上的果实，狩猎野兽，捕捞鱼类，这些应该是先民们首先要做的头等大事。我们去非洲和南美洲看一看原住民的生活状态，就能推想出来。在只好那样勉强活着的时代里，花鸟讽咏、赏玩风月还只是一种十分遥远的奢望吧。

必须通过苦心经营，才能获得衣食，这可以说是从原始时代直至今日不变的生活宗旨。说起来，现代人其实也是为了得到一把米、一片肉，继续着血肉相拼的战斗。但这只是一种比喻，现代人与古人的生活已经大不相同。一方面，为了获得衣食而工作，苦心营生。另一方面，却有了余暇来欣赏花鸟风月。这可谓是上天赐予人类幸福生活的一面。

有人说，欣赏花鸟风月是一种悠闲之事；要是有空去干这样的事，还不如去干点别的。还有人认为，是因为想逃避悲苦的人世，才会让人去选择简单易行的事情；必须去承受更大的痛苦；不能年纪轻轻就选择像老人那样的活法。这些看法是只知其一不知其二。

花鸟讽咏，是脱离原始生活之后，随着文明逐渐进步，自然而然地给人类带来的余暇。正是有了这样的余暇，人类才展开了紧锁的愁眉。

看见鱼儿在水中游泳，马上就想去捕鱼；看见鸟儿在天上飞翔，马上就想猎取飞鸟；看见树木，马上就想去砍伐，这样的人是可怜的。我们都知道，人类是依靠这一切而获得衣食住的材料，同时也明白，这一切也营造出了游乐的天地。不能光知道挥汗如雨地劳作，人之所以为人，还要知道享受清凉的和风。与花鸟共同生活，与风月同居人间，这正是人类生活的重要一面。

俳句就是花鸟讽咏的文学，是仅仅存在于日本的一种特殊的文学。存在着花鸟讽咏的文学——俳句诗歌，是日本国民的自豪。

《玉藻》1952年8月刊

四

迄今为止，我讲述的主要是日本的景色，同时还有日本人对这些景色抱有的亲近感。但是，单单谈论景色，会让人感到意犹未尽。我在前面也稍稍谈到了这一点。如果不去关注景色中的四季循环，这只能算是见木不见林吧。由于四季循环，花鸟草木，以及其余的大自然中的森罗万象，才会呈现出万千仪态。如果忘记了春夏秋冬，景色就不存在了。迄今为止我简单地谈到的各种景色，是以四季循环为前提的景色。我在伦敦与巴黎，对那里的景色并未产生出比较亲切的感觉，我也想将此归结为那里呈现出来的季节现象的变化，不如日本这么显著。

在日本，春夏秋冬的季节变化十分明显。为此，自然界、动物界、植物界等各种现象，都不断地展现在我们面前。不仅如此，在人类社会中，随着季节的变化也会呈现出各种现象来。

在赤道附近，一年之中的大半时间都笼罩在酷暑之中；在寒带地区，一年之中的大半时间都是冰雪封冻；而属于温带的北美洲的美国加利福尼亚州，一年之中几乎是持续着同样一种时令。我想，像日本这样，春、夏、秋、冬一年四季均等地循环出现的国家不是很多吧。如果对此进行严密调查的话，也许还会发现许多这样的国家，但日本应该是在这一点上最得天独厚的吧。自古就有许多赞美四季的诗歌，也有许多描摹四季变迁的故事。特别是俳句诞生以来，《岁时记》变得日益丰富多彩，用美丽的辞藻仔细地记录下了一年四季的各种现象。

特别是日本列岛，南北狭长。将北部边境与南方边陲进行比较的话，尽管寒暑差异很大，由于海洋寒流与暖流的关系，严寒得以抵消，非常宜居。因此，由于一年四季的变化，人们有了欣赏各种自然现象的余暇。我在前面就讲过，有着山岳河海、湖泊平原、断崖绝壁、白沙青松、飞瀑涌泉等丰富的变化。如果将这些变化比喻成经线的话，那么春夏秋冬之中不断出现的变化就是纬线，将日本织成了锦绣乐土。居住在这片乐土之上的人们，不断与这座乐园相亲相近。

身为日本人，生长于这片国土上，受到天赐恩惠的拥抱，却有不少人竟然忘记了天地之恩惠。如果他一旦到异国他乡去流浪，就会明白这样的事实：日本的国土拥有着多么丰富的自然现象，她是如何亲切地拥抱着我们啊。不，虽然我们并未意识到来自大自然的这种特别的恩惠，却身在春夏秋冬的拥抱之中，度过变化多样、舒适宜人的生活岁月。

人们的普遍感情是：说到酷暑，我们会盼望着很快转变成秋凉时令；说起严寒，就希望春暖花开的时节早日来临。但是，在酷暑当中，既有挥汗如雨劳动的快意，也有登山、下海游泳的凉味；在酷寒之中，不仅有在雪野上跋涉的壮举，还有围坐火炉、促膝谈心的快慰。还有《岁时记》中收录的其余诸多夏季与冬季的自然现象，这里的每一个季题都是愉快的题材，展现在我们眼前。春季与秋季的诸多现象更是自不必言。重要的是，这样的四季变化的现象能够均等地不断转换，能让我们永不厌倦。

我们将这四季变化的现象铭记在心，从中去寻找安居世界。这不是上天赐予我们的幸福吗？对这种天赐幸福视而不见之人，就是忽视了上天恩惠的愚昧之人。

《玉藻》1952年9月刊

五

到今天为止，我已经讲述了日本的风景、气候之变化、四季之不同的自然现象。我们的俳句是用于花鸟讽咏的，我还讲明了俳句作为一种日本诗歌，自然而然地诞生出来的原因。

但是，不光是我们日本人，全世界的人类也都是一样的。他们那里即便是没有日本这样得天独厚的丰富多彩的大自然，也都会对养育出日本俳句那样的大自然抱有亲近之感。他们在酷暑严寒之中，仍然会找到一方快乐的天地。经过一系列的考验，将自然现象存留于心，希望能在花鸟风月之中寻觅出诗歌。太阳的热能是万物生长的根源，因地球公转而有了春、夏、秋、冬四季，以及雷霆风雪、禽兽鱼虫、花草树木。俳句的使命就是要从这些事物之中搜寻出诗句来。虽然科学的力量在不断进步，但它与诗歌世界的关系却十分淡薄。描写人的文学当然很重要，但讴歌宇宙与自然界中诸多现象的诗歌也不可小觑。如此美丽的山川云雾、禽兽鱼虫、花卉草木，构成了纬线，而春、夏、秋、冬四季则构成了经线。这样，经线与纬线就织出了一个锦绣般的新天地。我们的俳句之道，就是寄情于天地之心，用来描绘天地间美景的大道。

《玉藻》1954 年 9 月刊

客观写生

（客观写生—主观—客观描写）

我特别强调客观写生，这是因为俳句是将重点置于客观审美之上的。

俳句无论发展到了哪一步，都需要不断磨炼客观写生的技巧。

我们努力地追求客观写生，这时透过客观描写，主观意识就会渗透出来。作者即便是想要隐藏自己的主观意识，也无法做到。随着客观写生技巧的进步，作者的主观意识就会更加一览无遗。

熟练地运用客观写生后，不知不觉之间，即便是作者想要隐藏自己的个性，也做不到，他本人的锋芒就会从客观写生的口袋中径直刺出。

吟咏俳句，作为一条漫长的修行历程，一开始就必须将基础置于客观写生之上。我们从那里出发，循序渐进，终将会达到一种境界：我们从此便能够从某位俳人的客观写生的作品之中，将作者的主观意图读取出来。

今天，即便是那些我们俳句同人的作品中，透露出了浓厚的主观情绪，我们也必须将其看成是立足于客观描写的基础之上创作的，即完成客观修行后的创作。

我们需将客观写生作为自己的志向来创作俳句。这就是俳句修行的第一步，是必须履行的顺序。

客观写生就是面对着花朵，面对着鸟儿，将它们描绘出来。这与自己的主观心愿并无多大关系。鲜花开放时的姿态、形状与色彩——我们将这些意象捕捉到眼里，然后吟咏成诗句。因此，这个过程与主观之心几乎毫无关系。我们只是用写生的手法描绘花鸟就行了。

但是，我们在不断实践创作俳句的写生过程之中，花朵、鸟儿都会与我们的心灵日渐亲密起来，花朵与鸟儿都会融进我们的心灵。我们的心灵颤动，花朵与鸟儿也会随之颤动。我们的心中所感，花朵与鸟儿也会感觉得到。花朵、鸟儿的色彩或变得浓艳，或是淡薄；这种变化或清晰呈现，或朦胧地洇透出来，浓淡与阴影等所有的效果都能无拘无束地展现出来。这样一来，尽管是在描绘原来的色彩与形态，其实同时也是在描摹作者的心灵。

当你在歌咏自己的心灵时，花朵、鸟儿就获得了自由。

创作过程再进一步，我们就又会回到客观描写之上。虽然是在描写花朵、鸟儿，却并非是在描写花朵与鸟儿，而是在描写作者自身。

俳句从客观写生出发，在创作过程中会与主观意识发生各种各样的交错，最终还是会回归于客观描写之上，会履行这样一种创作顺序。

仅做以上的一番讲述，诸位也许还无法明白。那我就举一个绘画的例子吧。开始绘画时，我们也是要面对一个想要描绘的物体，从研究它的色彩与形态开始。随着其色彩与形态逐渐进入我们的脑海，这个对象物体与作者的距离自然就会越来越近，我们就能够自由自在地去描摹出自己的心灵所感受到的对象物体的形状与色彩。面对同一个模特，十位绘画人描绘出来的结果却各不相同。当然，绘画人，或作家，自身都会将自己的主观色彩体现在作品之中。比方说，我们有时会将对象物进行一番直接描绘，也可以采用夸张变形的手法来描绘；有时会用柔和的线条来描绘，也可以用刚劲有力的线条来描绘；有的绘画作品会稍微显得阴暗一些，有的则会稍微明亮一些。在进行描绘的时候，对象物体会一步步贴近绘画人。我们在描绘对象物的同时，也是在描绘我们自己。这个过程逐步深入，最终一定会展现出只有作者本人才具有的绘画风格来。虽然是纯粹的客观写生的作品，但在作品中却能展现出作者本人的人格。这样一来，主观的影子就会潜藏在作品内部，并且还会呈现出客观写生的意象来。一定会有喜欢主观意识的时代，但主观意识的时代一旦过去，总有一天还是会回归到客观的风格中去。

俳句的宿命，是与绘画艺术息息相通的。绘画用色彩与线条来表现形象，与此相同，俳句以文字来描绘景色与事件。

但是，绘画不光是要描绘形象，还要通过所描绘的形象与色彩，表达出作者的喜好、感觉、味道和心情。同样是一个苹果，因为描绘它的人不同，而会呈现出不同的情调与气氛来。这是作者无法掩饰的。与此相同，因为吟咏俳句的人不同，所以读者所得到的感受也会千差万别。这是因为，俳句不是单单在描写形象，同时也是在描写作者自身。

俳句中，包含着你即便想掩饰，也无法掩饰住的信息。

所谓的客观写生，绝不会终止于客观写生。

所谓的客观写生，是对写生技巧的不断磨炼。磨炼写生技巧，不久之后便能够充分地将作者本身也描绘出来。

这绝非说，俳句必须去描写某个大事件。

不用说，描写出一个大事件，就会让人得到巨大的感动。但是，不管是多么细微而平凡的事情，都可以通过它显露出作者的主观面目来。能吟出这样的俳句，就算是成功的俳句了。因此，俳句并非一定要依靠描写某个大事件来获得成功。即便是俳句描写的这件事情本身十分平凡，但只要其中蕴含的主观感受是强烈的，就算是描写成功了。

要通过小事情渗透出巨大的主观感受，这就需要依靠作者的高超技巧了。作者要吟出一句俳句，需要多年的修炼、本人的天赋、刹那间的灵光闪现。这样才能吟出珠玉般的俳句，否则只能诌出一句瓦砾般的拙劣之句来。

语言的复杂性，在不同的场合下会显示出不同的效果来。但在许多场合下，语言力求单纯也是十分重要的。惜墨如金，省略再省略，直到"一尘不染"的地步，才算是达到了俳句的极致。也就是说，要尽量单纯，那些俳句表面上的事实，必须丝毫不会让读者劳心费神，就可以如同行云流水一样沁入人的心灵之中，由此，从俳句的深层涌起的作者的主观感受，就会在读者心中不断回响。我所希望的俳句的艺术效果就是如此。

如果写出的俳句晦涩难懂，让读者费心劳神，反而不能让读者体会出作者的主观感受来。

创作俳句资历较浅的年轻人，往往会流于这样的弊病当中。

我认为，年轻人之所以往往会对平易近人的俳句感觉不满，是因为他们对深藏于俳句内部的主观感受还无法理解。这样的年轻人只要经过长期修炼，就会自然而然地明白俳句的真髓。

在吟咏俳句的人群当中，还有这样的一些人，他们想要吟唱自己的感受，便只简单地描述作者的主观感受，或者是依据主观印象来吟出事实。这样创作出来的俳句，在我们看来还属于不入门之流。

集中思想，反复考虑，苦心研习，不用说，创作俳句的态度就应该是这样。但是，在表达自己的感受时，一定要立足于客观写生之上，应该自然流畅地，将足以归结为感怀的事实描写出来。

感怀好比是水不厌深，也好比是百般滋味，可谓深厚复杂。但是，表现出这种感怀的事实却要尽量单纯、平易近人为好。这就是客观写生的最高境界。

主观感受的气息，主观感受的光彩，是来自单纯而平易近人的描写之中的。

在那种近似于单纯的客观描写之中，能够捕捉到作者深沉而复杂的主观感受之时，读者就能从中获得深刻的感动。读者也会从近似于单纯的事实描写之中，感知到作者的主观感受。

今天，在世间获得高度评价的俳句作品都是直接展现出作者的主观感受的。因为如果不是这样，普通读者就会读不懂。

而我最不喜欢的俳句就是这样的作品。

描写就如同是茫茫无际的汪洋大海，投身大海，去寻找其中渺远而深邃的主观感受之光吧。

我讨厌那种不断在主观这堵墙上碰壁似的俳句作品。

《玉藻》1952年1月刊

花鸟讽咏

我听说,有些不喜欢俳句、从事别的文艺之人在攻击"花鸟讽咏",但我们写俳句的人要是攻击"花鸟讽咏",乃是一种不可理解的举动。

俳句以季题为生命,至少可以说,俳句生命的一半是来自季题的。

于是,我说俳句就是"花鸟(季题)讽咏"的文学。

有一段时间,还出现过"俳句不需要季题,没有季题也是可以的"这样的说法。到了今天,还有少数人持同样的观点。但是,没有了季题,俳句就会黯然失色,俳句将不再是俳句。所以他们的说法是站不住脚的。

还有人持有这样的论调:"拘泥于季题是愚蠢的。文学咏唱的是人心（正如"诗者，志之所之也"这句话所言）。既然如此，为什么还要被季题所束缚呢？"作为诗论，他的话是正确的，但是，作为俳句论却无法成立了。去掉了季题，俳句就不能存在，那样的作品不是俳句，只能算是普通的诗歌罢了。那样的作品作为诗歌可以存在，但作为俳句却不能立足。

但是，这些人依然还将这样的作品称为俳句，其实只是因为这些作品作为诗歌存在十分脆弱，他们只是想要借用俳句殿堂的屋檐，使其寄居于其下。这是无能之举，是无能之人所为。

生活派也好，人性派也好，他们要吟唱自己的志向时，为何要选择俳句呢？我对他们的选择很不理解。出于某种因缘无法脱离十七字定型，于是便不论场合地一味依赖十七字的俳句，其原因恐怕正是如此。

就算不谈这一字数定型，他们为何要选择包含季题的俳句呢？

俳句是无法剥离季题（花鸟）的文学。

标榜自己是生活派、人生派的诗人，为了抒发自己的志向，季题是必要的吗？我认为，毋宁说，季题会不会成为一种妨碍呢？也许，在他们创作的诗歌中，季题偶尔也会发挥出作用来，但这样的例子极少。我认为，没有了季题的束缚，咏唱起志向来不是会更加深刻，并且更加自由自在吗？

作为吟唱人生的诗歌，季题是必要的吗？要吟唱苦思冥想的人生，还需要什么季题吗？

俳句是吟咏大自然（花鸟）的诗歌，还会通过大自然（花鸟）来咏唱人生。另外，也是一种要依靠大自然（花鸟）来抒发志向的文学。我就是这样考虑的。

俳句作为咏唱生活、咏唱人生的文学，不会去吟咏那种冥思苦想、身陷绝境的境遇（如某些别的文艺那样）。要问为何会如此，是因为俳句中有季题存在。俳句偶尔也会去吟咏人生的终极境遇，但总的说来，因为它有季题，在大多数情况下是无法去吟唱那种冥思苦想、刨根问底的人生问题的。

总而言之，自然现象（花鸟）为我们的生活提供了一种宽阔的空间，这是无法否定的事实。那么，在痛苦到了极点、贫困到了极点，想要否定生活，对人世感到绝望，想要倾吐深刻而悲痛的情绪时，只要留心于自然现象（花鸟），他的面前就会突然展开一片宽阔的空间来。至少那些想吟诗的人，会感到眼前出现了一片宽阔的空间。

俳句不是慷慨激昂的文学，这是它先天就决定下来的性质。因为俳句之中有季题。

我们必须经常考虑到这一点。那种先天性的性质，无论如何都是无法改变的。

俳句就应该是适合这种先天性质的文学。

与大自然（花鸟）共存的人生，与四季运行共存的人生，拥有广阔空间的人生，不会身陷绝境的人生，悠然自得的人生，俳句最适合吟咏这样的人生，这就是俳句的使命。

花鸟（自然）讽咏之事，即可谓俳句也。

这就是俳句尚未诞生之前的本来面目。

如果我们去读那些号称所谓生活派、人生派的诗人所写的俳句，我们不会受到特别强烈的刺激。因为其中使用了季题，让他们吟咏出来的俳句一定会呈现如此面目。

他们应该去关注别的那些不必拘泥于季题的文学。

季题、素材、情感各不相同，但不知为何，其中都有难解之处。

其中还有格式匀整、节奏明快的诗歌,这种诗歌便成了花鸟讽咏的诗歌。

《玉藻》1952年2月刊

后生不可畏

近来我浏览的俳句，其数量每个月都会高达成千上万条。这些俳句是由几百位、几千位作者写下的。他们都信任我，让我从中挑选出好的俳句来。我便按照他们的要求，在我认为优秀的俳句上画上符号，然后返还给他们。

就这样，在作者和选拔者的共同努力之下，这些作者吟出的俳句在一点点进步。另外，从俳句界的角度来看，这也可以看成俳句界全体的进步。我就是这样生活过来的，并且一直重复了四五十年的岁月。在这四五十年中，写俳句的作者与选俳句的我，每天都齐心协力地走到了今天。

这种时光的流逝、自然的推移，绝不能等闲视之。就这样，整个俳句界都在进步。

前些日子，在松山举办了纪念子规逝世五十周年的活动，我在松山《子规》会主办的俳句大会上做了以下的发言。

在子规还活着的时代，他说聚集在他身边的俳人们，他们面向未来，取得的进步将是不可估量的。但相比之下，那些现在还在爬树的淘气孩子，将来当他们成为俳句研究家，会踏入哪些新的领域呢？想到这些，就会感到有些恐惧。现在开始崭露头角的俳人将来会去从事怎样的事业，大体是可以想象出来的。可是那些尚未入世，现在只是喜欢爬树的淘气孩子，当他们长大成为独当一面的俳人后，会从事何种工作呢？还会开拓出哪些新的领域呢？会做我们无法想象的事吗？其中一定会有许多未知的一面。他对他们的未来充满期待，同时也感到"后生可畏"。

我也抱有与子规同样的思考。现在，在我之后诞生于人世的诸位俳人，我远远地眺望着他们的所作所为，能大概想象出这些后辈将会进入何种领域去大展宏图。就算他们会穷其一生去努力追求某些目标，其结果也都是在我们能够想象出来的范围之内的。但是，那些至今尚未出生、会活跃在遥远将来的俳人们，他们会做哪些我们无法预料的事，他们会吟咏出什么样的俳句来，这些我们完全无法想象出来。

这种想法与子规是一样的，不光是我，这种想法是在座的任何人的头脑中都会浮现出来的。但是，还有人抱着与此相反的想法。

回顾迄今为止三四百年的俳句史，俳句变化的程度，都限于某个范围之内。今后，即便俳句还会发生变化，变化也不会太大。我认为，要么是重蹈过去的历史，要么是发展那些过去应该发展却未能发展起来的特质。其变化程度应该仅是如此罢了。在过去的历史之中稍许崭露头角，却不幸地受到了其他方面的压制，未能顺利地发展起来的特质，这些方面得到新的发展势头，取得进步，应该是可能的吧。而一种来自完全未知世界的诗歌大行其道，这种情况是不会出现的。十七个假名和使用季题——需受这样不可动摇的原则限制，这就是俳句的命运。俳句的历史岁月不是白白地流淌而去了，而是沿着某条道路发展至今的。比如，松尾芭蕉的思想也并非是芭蕉在突然之间灵光一闪创造出来的。它扎根于几百年前的连歌作者饭尾宗祇的思想之中。不，可以说，这种思想是古代佛教的思想。饭尾宗祇与松尾芭蕉都有酷爱旅行的癖好，他们的思想就是从古代佛教徒在树下或岩石上修行之中蹈袭、继承而来的。

世にふるも　更に時雨の　宿りかな
世上又洒初冬雨，投宿旅店。　　　　　宗祇

而芭蕉则吟出了如下俳句来证明这一点：

世にふるも　更に宗祇の　時雨かな
世上又洒宗祇雨，初冬更寒。　　　　　芭蕉

其实芭蕉也是认识到了这一点，由此做出了一番告白。从宗祇的时代直到芭蕉的时代，又经历了宗鉴、守武、贞德、宗因等人的时代。还有，芭蕉之后又经历了芜村、一茶、子规一代，直至今日。今天的所谓客观描写也好，花鸟讽咏也好，也都能够追溯到元禄时代，特别是应该追溯到凡兆，进一步还要追溯到芭蕉、芜村。

芭蕉忌や　遠く宗祇に　遡る
芭蕉忌辰日，远溯到宗祇。　　　　　　虚子

说到这里，子规过去曾说过的所谓"那些爬树的孩子"，即新一代俳人诞生后，即便是他们要开展新的工作，也绝不会是离开俳句发展史的离经叛道般的破天荒行为。他们也许会在历史的潮流中发现那些前辈们曾经进行过尝试，却尚未完成的事业，据此开辟出一片新天地；也会有人对现代俳句的发展趋势提出异议，敢于努力地去开创出新的境界。他们的行为都会建立在俳句发展过程中的必然趋向上。这样一来，有时候他们虽然会与我们背道而驰，但依然会受到现代俳句的强大影响，不知不觉之间就会停止唱反调，将自己融进现代俳句的强大力量之中去。

就像是将一个个的小石块垒起来一样，不断努力。几十年来，我从几千万人所写的俳句之中选出优秀之作，这种努

力就像是在垒砌一个个小石块。这样做，多多少少会促进个人的进步，进而还会成为俳句界进步的原因与动力。我想，就是这四五十年间的俳句发展洪流，自然而然地形成了俳句的历史。

俳句的历史与整个历史潮流一道前进，从四百多年前的古代开始，源源不绝地一直发展到了今天，我们也置身于历史的潮流之中。子规感到畏惧，我们也畏惧的新人，快出来吧。不过我想这新人想必也不会是那么令人生畏的。

《玉藻》1952 年 3 月刊

再论客观写生

我们从复杂的人生经历之中学会了深思熟虑，进行了哲学性质的思考，树立了自己的道德观念，这一切都构成了文学的基调。但是，在文艺作品中，以上一切应该如何表达，这一点便成了一个亟待解决的问题。

曾有一段时间，社会上流行过"思想小说"这一词语，也有人称其为"观念小说[1]"。所谓的思想小说、观念小说，这样命名的出发点应该是，如果作者不能将自己的思想观念明显地表达在自己的小说之中，其作品便毫无价值。另外，在不同的时代里，也有人不断重复地对俳句提出同样要求。从某种角度上来看，这些要求都是理所当然的。但是，作为小说也好，俳句也好，应该如何来表达这些思想，这也是一个

---

[1] 观念小说：甲午战争后曾一时风靡日本文坛，作者深切关心社会，揭露社会的不合理，露骨地表明自己的观念。代表作品有泉镜花的《外科手术室》、川上眉山的《表与里》等。

问题。

我们去读一下这些所谓的思想小说、观念小说，就会发现作者将自己想要表达的思想和观念，在作品中都十分露骨地表达出来了。但是，读他们的作品时，我们就像是在听演说，读者会产生一种被压迫的感觉，同时还会被强加上一种紧张感。在这些作品中，<u>丝毫也没有文艺作品具有的那种温润感，某些俳句也存有这一问题。</u>

"我碰壁了"，可以用这样的语言来表达这类作品的特点。读这种小说，立刻就会与作者露骨的主观意识碰撞。如果是要宣传某种思想，这样写是无可厚非的。但是，小说是一种艺术品，这样写就不合适了。撞上了思想这堵生硬而丑陋的墙壁，一下子就会令人感到索然无味，这就会成为艺术上的败笔。一些俳句也存有这一问题。我们将这样的俳句吟咏一遍，就会突然碰撞上作者露骨的思想。作为一件艺术品，它没有丝毫的温润之感。给人强烈刺激的思想，会破坏酝酿诗意的感物寄兴。特别是俳句，十分简洁，惜墨如金，这样一来其内容就只会是空谈大道理了。

俳句不是大谈道理的文学形式，更应该蕴含一些温润之感。俳句不应该是思想的壁垒，更应当是感情的森林。

这时就需要"描写"了。不是说明，而是描写。对自然界、人间进行描写，并在其中敞开作者的心扉，我心目中的俳句就应该是这样的。露骨的说明与其说是让人感动，毋宁说是会让人反感。而通过描绘自然界、人间界的诸多现象，由此在不知不觉之间了解作者的心志，这样做就像是细雨润湿土地一样，沁人心脾。不知何时，读者就会与作者站到相同的立场上。

作者诱导读者，让读者不知不觉间站到自己这一边来，这不就是文艺的目的吗？我得出了这样的论述，而读者又会发出怎样的议论？弄清这一点并不是文艺的目的。我得到了这样的感受，见到了这样的一片天地，而读者会如何去感受，会在其中看到怎样的天地，这才是文艺的目的吧。

作者不同，志向也会不同，它们之间有着高下深浅的区别。但是，他们笔下的诸多作品，想要让它们成为艺术品的话，其中就必然要有叙述，要有铺陈描写，需要描绘出作者所观察到的天地。

出色的描写，自然而然地就会让人进入这样一片天地之中。文艺就需要这样的描写。猛一看，作者的思想是隐藏不露的。但是根据其对事实的描写，就会达到引人入胜的效果。这就是文艺的天地。

不需要说明，而是需要描写。感情未经磨炼、培养，尚未达到优雅之高度的人，也许要他们从作者的描写之中去汲取真意，是一件很难的事情。主观意图暴露无遗的作品，会一时间获得众多蜂拥而来的读者。这样的读者会因为可以马上理解到作者用说明的手段表明的意图，而感到沾沾自喜。我不会与这样的人为伍。

必须运用客观写生的手法。所谓主观，即一念三千[1]，而客观则是诸法实相[2]。诸多之法，千变万化，不可思议。即便是想对其进行描写，也绝非易事。但是，是能够将作者所感受到的客观描写出来的。不同的人，各有一片不同的客观天地。作者会描写出自己所看到的客观天地。这就是客观写生。

所谓客观写生，需养成观察客观对象的眼光，培养出感知之心，再锤炼出描写、表达的技巧。有了观察客观对象的眼光和感知之心，以及描写出所见、所感的技巧，这样一来，经过长年累月的修炼，作者能积累起表达功力的话，他所见到的客观就会柔软如黏土，可以根据自己的手法去将其拿捏成形，不久之后就能用客观描写陈述作者的志向了，从而达

---

[1] 一念三千：天台宗佛理，指人的日常心（一念）之中，包含宇宙存在的一切形式（三千）。
[2] 诸法实相：天台宗佛理，指一切存在的本来的真实形态，宇宙间一切事物都是真实的。

到客观与主观的一致。所谓客观写生，正是如此。

修炼客观写生之人所吟咏出来的俳句，与疏于客观写生之人吟出的俳句，我们一眼就能区别出来。疏于客观写生之人吟出的俳句，即便是在其内部蕴含着丰富的感情，但是一看它的遣词用句，多是落寞寡味，如同嚼蜡。因为他们的短处正是不善于描写。将他们与那些按照客观写生的原则一路孜孜不倦、含辛茹苦地走过来的人相比的话，立即就会明白，这些人的基础训练还远远不够。

按照客观写生的原则一路含辛茹苦地走过来的人，他们吟出俳句时，是为了描绘出映入他们心胸的自然景色。正如我在前面讲过的那样，自然景色就会如同柔软的黏土，在作者的手到之处，就会成形。换言之，大自然可以按照作者的感情被自由地剪裁，大自然会在作者面前俯首听命。这绝非是我随心所欲的一句形容，这正是来自客观写生的妙技。

绘画也好，雕塑也好，首先都要从练习写生开始。练习写生，就能逐渐步入正道。当你的艺术造诣达到某一点之后，写生依旧十分重要。俳句也是从写生起步，然后才能步入正道。经年累月，从不松懈，精益求精，这样才能最终进入自由表达的境界。无论你的思想如何深刻，如果缺乏自由表达的造诣，终究只能是一事无成。思想的深刻与表达技巧的纯熟自由，这二者之间的关系正如同水涨船高，相得益彰。

所谓客观写生，很多人只是将它视为一番浅薄的议论。但是，那些轻视大自然的人，绝不会具有深刻伟大的思想。越是能深刻地了解大自然，作者的心就会变得越深邃。将大自然排斥在外，何以言心！

《玉藻》1952年4月刊

最为渴望是创新

过去，当我创作俳句之时，那些提倡新文学之人正显示出盛气凌人的气势。当时俄罗斯文学传入，在他们眼里，根据他们的认识，如果不是倾向于俄罗斯风格的文学作品，根本算不上是文学。他们还认为俳句之类的玩意儿完全是落后于时代的东西。接着，又有自然主义文学[1]风靡一时，他们也认为，不是自然主义，也就不能算是文学。而我们这些写俳句的人，只是默默地写下去，为"应该如何通过自己来表现大自然""应该如何透过大自然来表现自己"而煞费苦心。

之后又发生了许多转变，一部分俳人为了不落后于欧洲文学，面对各种学说、各种主义，陷入忙碌，穷于应对。他们一面倾听这些学说和理论，一面担心俳句是否会落后于时代潮流。而我们大多数俳人对这一情况却依然不为所动，仍

---

[1] 20世纪初，日本引进了法国的自然主义文学，但文风比法国的更加阴郁沉闷，他们主张无理想、无解决、无技巧的"三无主义"。

只为了解答"应该如何透过自己来表现大自然"而煞费苦心。

我们坚守着俳句的独立性,不受其他事物的干扰。我们立足于宏大的观点来看问题,比起那些跟在别人后面亦步亦趋的文学而言,我们坚守的是自己的立场,由此俳句给人的印象反而会是一种散发着清新气息的文艺。

如同芜村所言,所谓流行就像是沿着一个圆圈的线条在奔跑,看起来落后于别人,事实上却是走在别人的前面。

说起俳句的性质,首先就应该举出季题来。关于季题,我还尚未听到过诸位新人的详细论述。

过去曾出现过主张废除季题的人,因为他们发现,将代表自己志向的思想写入俳句时,季题根本没有用处。他们的论调是正确的,但依旧将其称为俳句,这是他们失败的原因。

我们将心甘情愿地继续煞费苦心,考虑"应该如何通过自己来表现大自然""应该如何透过大自然来表现自己"这件事。

毋庸赘言,这是一个深奥、高远的问题。

我们还有一个最为渴望解决的问题,那就是创新。

《玉藻》1952年5月刊

一切皆是宇宙中的现象之一

立子有这样一句俳句：

下萌えぬ　人間それに　従ひぬ
百草萌动，人类效法自然。

依照天地运行的规律，到了春天，百草会悄悄地从土中冒出嫩芽来，开始生长，开花结果，然后枯萎。人类也是按照天地运行的规律呱呱坠地，成长，衰老，然后死去。

我已年近八旬，进入颓龄，等待着死亡来临。我所经历的近八十载岁月，似乎很漫长，却又是那么短暂。从降生之日直到今天，犹如只是一瞬之间。有人说，人生是伟大的，但是，这与一棵小草的荣枯又有什么两样呢！小草的生命仅有一年，即便是人的生命可以长达八九十年，但是与宇宙的生命相比，都仅仅是一刹那而已。

但是站在另一个角度，我自己这八十年的岁月，也可以说是相当漫长的。在这八十年的日月中，我与许多人一同生活过来了，还与数不清的山川草木一同生活过来了。我在人生当中，会多多少少留心地去生活，关注春、夏、秋、冬的嬗递推移，也会留意花开花落。人们的生生死死，也就如同花开花谢一样，我逐渐将这一切作为宇宙间的一种现象来眺望。

春、夏、秋、冬的变化推移，不断在我们的眼前掠过，有时还会如同澎湃的波涛一般经常涌动在我们的身边，我们就是在波涛的轰鸣声与起伏汹涌之中生生灭灭的。但是，我们人类还会被其他的智、情、意所干扰，无数纷繁的现象还会让我们头晕目眩，面对这一切，我们动辄便想逃避，但山川草木之间发生的变化却不会让人陷于烦恼，我们可以轻松地观看这些变化。花鸟讽咏的思考就是植根于此。

还有，我们的感情、意志、生活，也可以移情于山川草木、禽兽鱼虫身上，由此对其大加咏叹。总之，是因为人类也好，禽兽也好，草木也好，一切的荣枯生死，都是同一个宇宙之中的现象之一罢了。人生八十年的生命历程也好，仅有一年的小草的生命过程也好，都同样是宇宙中的生命现象，这一点不会有丝毫的改变。说起花鸟，有人就会露出一副轻蔑的表情，这样的人属于愚者。在花鸟身上，就如同人类的生命一样，依附着宇宙间的生命。照此来看，就应该能明白花鸟讽咏的意义了吧。

世界上的大陆、岛屿，只有一部分地方有人类生存。而其余大部分地方，都栖息着草木禽兽之类的生物。而海洋的面积是陆地的若干倍，那是鱼贝类的生存空间。我们的思绪，还会飞到好些星球之上，如果还要谈宇宙，那是一个不可测量的浩渺空间。毕竟，人类与草木、禽兽、鱼贝类的生存与死亡一样，都只是属于宇宙中的一种现象罢了。

大，是无限的。小，也是没有穷尽的。捧起一把土来，其中就包含着一个拥有几亿万个微生物的世界。我们应当为之喟叹，眼前展开的禽兽鱼虫的世界，是何等伟大！其中还会常常发生种种变化，就如同疾风暴雨骤然降临，云舒云卷，飘过苍穹。吟唱这种现象的诗歌，不就是一种伟大的存在吗？

还有，我们将人类的万千姿态视作花鸟，将人的心灵理解为清风明月的话，就会咏叹出多么活泼灵动的诗句来啊！

《玉藻》1952年7月刊

其他文艺与俳句

最近,《何谓俳句》与《俳句作法》两本书合并为一册,即将重新出版。我一边校对,一边阅读。除了这两本书之外,还添上了一个篇幅短小,名为《俳谐谈》的文章。在《俳谐谈》中,说起了这样一件事:

> 如果想知道何谓俳句,就必须了解俳谐之外的其他文学。知道了俳谐之外的文学,才能明白俳句的性质。

这是我写于大正二年(1913年)的一篇文章。算起来,已经是四十年前的文章了。

论述俳句之人,首先就必须弄明白俳句具有何种性质。

第一,俳句只有十七个假名,这是首要的。俳句不是三十一个假名的和歌,也不是一连吟唱出几十个字、几百个字的诗歌，也不是长篇小说。俳句只有短短的十七个假名。

第二，季题在俳句中发挥着重大作用，这是其他形式的文艺不存在的特点。俳句是在受到季题约束的同时，也要依靠季题的巨大能量才能在文坛上站稳脚跟的文艺。这也是其他文艺作品没有的特点。

为了清楚地了解以上这两点，首先要对其余的文艺浏览、研究一番。和歌具有这样的长处，现代诗歌也会有那样的特长，小说与戏剧还有如此这般的优点……我们了解了这一切之后，再回过头来看俳句，就会幡然醒悟：原来俳句拥有如此独特的长处；俳句与各种艺术形式并存于世，具有着如此这般的性质。

不了解其他的文艺，只了解俳句，于是就去模仿其他文艺之中你认为的优点，这难道不是一种愚蠢的行为吗？

越是对其他的文艺进行研究，越是了解其他文艺的长处，同时也越能够领悟俳句的优点。我们必须知道这一点。我们不是要去仿效其他的文艺，而是要明白，俳句中有着其他文艺不具有的特色与优点。

《玉藻》1952 年 8 月刊

传统流芳

四十年前,有一个流派的俳人们,硬是一门心思地要拖着俳句,勉为其难地跟在其他文艺的后面亦步亦趋,企图用这种方式追赶潮流。我想对他们进行一番启蒙,竭力地向他们说明,俳句是吟咏大自然的诗歌。为此我阐述说,俳句是日本的诗歌,是立足于日本传统之上的。从当时的形势来看,我要力图说明的是,俳句是属于日本式的、传统性质的遗产。他们却将我的看法当成因循守旧的陈词滥调、逃避现实的借口。我受到了他们的嘲笑与轻蔑。

不立于文坛的正面舞台

那些在文坛的正面舞台上招摇过市的人,通常都是一些风靡一时的先驱人物。年轻人往往会讨厌古老的事物。我反而就不打算站到文坛的正面，我自称守旧，自己命名为传统派，四十年来，我一直在奋斗，直到今天。我虽然说自己是传统派，但并不会去礼赞陈腐的东西，我会让自己的志向保持常新。

俳句尚未成熟

回顾四十年间，论述俳句的人似乎依然就事论事地只谈俳句，不去对其他的文艺进行深入研究。也许不算是从未研究过，但还是疏于将俳句与其他文艺进行比较研究。

当听说了其他文艺的追求时，就想将那些追求运用到俳句创作之中去，这种做法实在愚蠢。这是因为他们不了解不同文艺的性质各不相同这一事实。其他文艺能够展现出来的特色，是否也能够在俳句中体现出来？特别是俳句背负着季题的重任，要想仿效其他的文艺是否切实可行？尚未深思熟虑，就要让俳句与其他文艺步调一致，这样做是不是犯了错误？

对这些都不必从理论上去强行争论一番，只要去看一看他们创作的俳句便会一目了然。

他们认为自己是在标新立异的俳句，其实很多都尚未成熟。

而在他们吟出的俳句当中，大家都认为比较好的俳句，都是与传统的俳句相比较而言，没有出现什么变化的作品。

《玉藻》1952年9月刊

杂感（一）

俳句范畴内的新工作

想在俳句范畴内开展新的工作，皆是可行的。但只是想将劳资纠纷等话题提上议事议程，还算不上是新俳句。

陶醉于新的语言之中

有一种弊病，就是陶醉于新奇的语言之中。有人说，要创造出种种新颖的词语来，俳句所使用的语言，就必须要像那些新创造出来的词语一样。我在前面已经讲过，吟咏俳句，一定要遵循十七字和季题这两个毫不动摇的原则，因此上述提议是很难实现的。那样写出来的作品就不是俳句了。其他的文艺形式是可以表现出那样的特色的，而俳句却不适合那样去写，他们并没有意识到这一点。没有任何理由根据自己的喜好将俳句拖到那个方向上去。俳句就是俳句，应当有自己适用于表达的内容。意识不到这一点的人，可说是特意去绕了弯路。

俳句的语言不但要求极端短小精练，而且还要使用如季题这样重要性质的特殊词汇。因此，可以写进俳句的内容自然就会有一定的限制。他们到底是为什么对俳句强人所难似的提要求呢？这一点令我最难以理解。俳句最通常的特点是十七个假名与季题，吟咏适合这种本来面目的思想是不言自明的道理，是一种自然而然的要求，也是俳句经芭蕉、芜村、子规，直至今日的发展路径。

追求难度，也是一种有趣的事情。也可以说，尝试着去完成一件难以完成的任务，这也算得上是一项事业。但是，上述尝试归根结底是一件不可能完成的工作。

必须将最为根本的基础置于自然人生的现实之上，置于具有重大意义的写生之上。所谓写生，对于自然人生的现实具有重大意义。大自然以其伟大的容貌，时时刻刻展现在我们的面前。我们为之惊叹，坚贞不渝地充满对大自然的挚爱，这样便能够去吟咏适合俳句表达的内容。这就是俳句的天地。佛教的天台宗将这种自然现象称为诸法实相，而不知道还有

"实相观入"[1]这个词语。

与诸法实相互为表里的,就是一念三千。知道了诸法实相,就能够理解一念三千。推进客观写生,我们的主观世界也能到达一个深不可测的境界。我们就是这样来尝试客观写生的,也由此希望能到达一个深邃的主观世界。

柔软的韵味

艺术的真意,不就是一种柔软的韵味吗?雕刻艺术品上的那些线条的柔软韵味,就是艺术家感情的高贵表现。所谓线条,只是其中的一个例子。艺术品高贵、严肃、柔和的一切表现,都来自作者不断积累而成的写生技巧与其人的精神境界。即便作者生来为高贵、庄严之人,但是如果没有伴随写生技法,其创作的艺术品也就不会具有高贵的性质。

还可以这样讲,随着作者专心致志地去磨炼、掌握、再磨炼这种写生技法,其精神境界也会不断得到提升。

伴随着写生的技法锤炼,人的心灵也会随之一同提高。既然如此,创作俳句只需沿着写生这条道路一路勇往直前。

---

[1] 实相观入:和歌诗人斋藤茂吉(1882—1953)所提倡的短歌写生理论。指不能停留于对表面现象的写生之上,而是要将自我投身于客观描写的对象之中,与之融为一体,才能对客观对象进行具体生动的描写。

要不受任何事物的束缚，沿着写生这条道路一路迈进。这样，当你到达某一个节点时，可以自己回顾走过的道路。所谓到达艺术的高点，指的就是这样的一种体验。

与自然一起同获自由

在我不断地强调写生的过程中，写生这个字眼格外响亮，一面写生，一面也会因拘泥于写生而让人的心灵感到疲劳。这样的现象将持续很久。特别是说起客观写生，也会让人拘泥于客观这两个字，让人感到一筹莫展吧。但是，只要你能够再往前稍稍迈进一步，就会明白，虽说是客观写生，却不一定要局限于其中。纠结一段时间过后，你会发现，写生不会让人感觉那么的劳心费神；创作俳句，就是一种自然而然的写生。而不久之后，你还会意识到写生可以对作者的心灵起到涵养作用。一件作品的诞生，就是这么一回事。

但是，如果被束缚于某种事物上，这样写出来的作品就会让人有一种死板的感觉。还有，如果身陷理论的泥潭之中，也会写不出好俳句来。从客观写生出发而吟出的作品，不会受到任何束缚。这就是我说的与自然一起获得自由。

《玉藻》1952年10月刊

杂感（二）

俳人之表现

客观写生、客观描写，我不厌其烦地反复强调。但是，即便是按照客观描写的原则创作出来的俳句，最终也无法对作者本人的内心进行掩饰。

某位俳人的客观描写属于坚实风格的话，他本人也定会具有坚实的性格。

某位俳人的客观描写属于潇洒风格的话，他本人也定会具有潇洒的性格。

某位俳人的客观描写属于高尚风格的话，他本人也定会具有高尚的性格。

某位俳人的客观描写属于轻浮风格的话，他本人也定会具有轻浮的性格。

某位俳人的客观描写属于过激风格的话，他本人也定会具有过火的性格。

某位俳人的客观描写属于恶俗风格的话,他本人也定会具有恶俗的性格。

作者无法对本人的天性进行掩饰,这正是艺术的尊严所在。

如果觉得难以理解,那就将此问题以绘画作比,便会一目了然。比如说,要画一只狗。一百个人画出来的狗就会有一百种姿态。为什么其中会出现一只高尚的狗呢?这是因为画家是高尚之人。为什么会出现一只恶俗的狗呢?这是因为画家是恶俗之人。所谓客观描写,不是因为对客观进行描写而显出尊贵,而是因为客观描写体现出了画家其人的品格而显示出尊贵。

如此一来,为何要特别强调客观呢?这是俳句的性质所致。

不是优秀的俳句作者,便不具有论述俳句的资格。

有人自己写不出好的俳句来,却在那里大肆评论俳句。这样的人绝对没有这种资格。在俳句界,很多会写俳句的人不会写评论,但论述俳句的人,必须是优秀的俳句作者。

物哀[1]（1）

　　禅宗的公案之中，有"父母未生之前的本来面目"这一问题，但人从何而来，将往何处去，这是无法弄明白的。自父母处诞生，绵延子孙，这一传承生命的联系是可以弄清楚的。但是，自己这个生命个体来自何处？将欲往何处去？这样的事却是弄不明白的。由此，人生自古谁无死，这样的事实的确会让人感到人生无常。

　　今天，有一群人在这里谈笑风生。但不敢断言其中就不会有人明天即将离开人世，也不敢说就没有明年、后年将要去世的人。经过一百年之后，这些人都将悉数死去。现在，我们把当今的社会、当今的世界看成是属于自己的。但是，百年后的社会、百年后的世界，则完全是属于他人的。凡属人类，皆固有一死。

　　人死之后的去向是不可知的，这件事会让人生出物哀之情。我认为，由此构成了日本文艺的基调。

　　从古至今看破人世无常而出家的男女自不必言，那些生活在俗世，过着普通生活的男男女女，其中看破了红尘的人

---

[1] 物哀：日本重要文艺理念之一，即客观审美对象"物"，与主观感情"哀"达到一致时产生的和谐境界，是一种优美、纤细而沉稳、静观其美的一种理念。"哀"，是被客观事物所感动时发出的赞叹声。表示叹赏、喜爱、同情、悲哀等诸多真情流露的感动。

也不在少数。不，随着死亡的日益临近，不少人都会多多少少抱有一种来自人世无常的寂寞之感。

失去了生活乐趣的贫与苦，不久之后将与死亡联系在一起。在这样的人心中，也会有物哀之情。成为日本文艺基调的，正是这种物哀。

自古以来，几多舍弃人世之人，时刻都将死亡的念头放在心上，他们休息于树下，头枕石头而眠，在旅途中四处流浪。西行法师[1]、饭尾宗祇、松尾芭蕉，他们都是仰慕那些舍弃人世之人，才开始流浪的。其中，宗祇与芭蕉都是客死于旅途之中的。

西行、宗祇、芭蕉的思想，在佛家看来并不是什么新思想，毋宁说是一种陈腐观念。他们的思想是因为构成了他们的文艺基调而引人注目。

从事文艺之人，在创作过程中谁都会具有一种思想基调。与芭蕉同时代的近松[2]也好，西鹤也好，都是因为感到物哀，才拿起笔来写作的。

---

[1] 西行法师（1118—1190），平安时代末期、镰仓时代初期杰出的和歌诗人。原是皇家卫队的高级武士，23岁时出家。
[2] 近松门左卫门（1653—1724），江户时代初期的戏剧家，被誉为"东方的莎士比亚"，其剧本主要写男女殉情故事。

物哀（2）

人类会发动战争，这是一件可悲之事。但蚂蚁之间也有战争，蜜蜂也会打仗，蟾蜍也会开战。此外，我们还会常常见到兽类、鱼类、虫豸类之间弱肉强食，一心想要吃掉对方。草木类之间也会相互侵害、蚕食。这也是可悲之事。似乎是某种宇宙之力让大自然变成如此模样。从这些现象之中也会让人感到物哀。

寡默之力

俳句是一种最简单的定型诗，这是它的特色之一。近于寡默也是俳句的特色之一。所谓寡默，却表现出一股巨大的人类之力。

不能说俳句是一种完全沉默的文艺。但确实是一种少言寡语的文艺，是寡语却又含义丰富深刻的文艺，也是一种叙述描写甚少，却能给人诸多感动的文艺。

叙述的内容尽管只是琐碎片段，传递出的却是复杂的感想。

描写一片落花，描写一把团扇，描写一株芒草，描写一团白雪，看似是片段的描写，实际上却是描写宇宙现象，这正体现了俳句所蕴含的力量所在。

俳句是简洁的文艺，故而必须简洁地来进行叙述描写。其目的是：少言寡语，却能传达多层面的丰富含义。在其他的文艺当中，不乏那些雄辩饶舌的种类，那样的文艺是以雄辩饶舌为武器的。

在最近的俳句作者当中，有不少人都在模仿雄辩饶舌的文艺。他们在十七个假名之中，使用了许多材料，罗列了许多词汇，让俳句变得复杂而奇怪，让读者不知所云。好多俳句都是偏重于个人喜好，令他人难以理解。这是不了解单纯之味的俳句，也是不懂得用寡默做武器的俳句。他们不懂得，俳句如此明快精练、单纯朴实的语言之中，蕴含着多么强大力量。

描写必须单纯，同时这种俳句的力量必须是强大的。

侮辱俳句的俳人

在俳人之中也有轻视俳句界的。他们犯下的弊病是，一面写作俳句，一面羡慕小说、和歌或是绘画等其他的文艺形式。这种自我贬低的做法是我所不取的。

我也承认，在小说的特点之中会有某些长处可取。可是，多数情况下是受到了西洋的影响，从中吸取了新事物，于是便以崭新的面貌映入人的眼帘。那些一时之间映入眼帘的新作品，马上就又会变得陈旧不堪。和歌的旋律与俳句不同，其中回响着一种幽玄[1]的思想。但是，其让人感觉到的幽玄之处，是以和歌的形式引起的一种感觉为主。绘画与俳句相似，虽然都要使用客观描写的方法，但俳句是以文字来描写，而绘画却是用线条与色彩来表现的。在这一点上，两者各不相同。因此，绘画的感觉来自色彩，来自线条，会给观众带来强烈的视觉冲击。俳句与以上的各种文艺相比，可以说在几个不同的方面都有短处。但是，俳句同时也具有其他艺术缺乏的优点。俳句可以表现出长篇小说无法展现出的直截了当的客观描写；俳句的旋律与和歌不同；用绘画无法表现出的景色中的时间变化推移，在俳句之中却能表现出来。

创作俳句的人，面临一个重要任务，那就是要将俳句视为最尊贵的文艺，并以写好俳句为己任。必须承认，有的景物只有俳句才能够充分地表现出来。

因为自己不写小说，就对小说抱有畏惧之心；自己不吟咏和歌，就对和歌敬而远之；自己不从事绘画，就对绘画退避三舍。这样的想法是十分愚蠢的。

---

[1] 幽玄：藤原俊成提倡的和歌理念，指一种充满着静寂的情调，作为象征性余情的意境。后来，又有藤原定家的"有心"、世阿弥的"妖艳美"、松尾芭蕉的"闲寂枯淡"等，继承和发展了这一理念。

俳句是一种存在了几百年的日本文艺，它绝不会灭亡。

创作俳句之人，不要因别人的说三道四而受到迷惑，那种将俳句置于其他文艺之下的想法是错误的。不自信，动辄就对别的文艺顶礼膜拜，这种行为应该遭到唾弃。

关于选句

在这里，我想对自己多年来从事的《子规》杂志的选句工作做一点说明。

《子规》杂志上的"杂咏栏"，如同我以前讲过的那样，可以说是一家俳句私塾。我们在杂志上刊登大家的俳句作品，就好像是将学习成果贴到私塾教室的墙上作为相互切磋琢磨的材料一样，丝毫没有要将它们公布于世人面前的意思。将自己吟出的俳句向这里投稿的，都是私塾的学生。在这些学生当中，既有年纪不小、入道多年之人，也有初次尝试吟咏俳句的年轻人。他们每月投稿的俳句多达几万句。我会从中选出一些来刊登在每月的《子规》杂志上。

我首先要将写的是俳句的作品，与还算不上是俳句的作品分开来。评判的标准，一是作者的思想，二是措辞。

思想方面，大部分作品基本上都没问题，但我不会选择那些思想十分讨嫌的作品。

而在措辞方面，我会进行最严格的考量与判断。

吟咏的素材，有复杂与单纯之分，我喜欢选择素材比较单纯的作品。单纯地叙述，同时带来丰富多样的效果，这类符合俳句本来性质的作品，我将给予尊重。

标新立异的内容固然好，但是，一心追求新奇而流于怪诞的作品，我会付之一笑而弃之不用。

我原本就讨厌陈腐的内容，但是只要其中有一点新意的话，我依然会采用。素材相同的俳句之中，我会乐意采用在措辞上多少有些功力的作品。

对老练作者的作品要按照高标准从严来挑选，而对幼稚的初学者则会网开一面，用低标准来选择。不过不管是谁的作品，我考虑的重点，都是首先要看它是否算得上是俳句。

如此，每个月都会有几千句俳句新作刊登出来，但这一切并非全都能是金玉秀句。

具有特别推荐价值的作品只不过是少数而已，其余的作品就犹如环绕着峻峰的高低不同的群山。

在这样的培养过程之中，低矮的山峦也会渐渐变成高山。我们还可以在其中发现一座峻峰。年年岁岁，光阴流逝，我们就是用这种方法发现、培育了几位俊秀之才。

我对俳句下了明确的定义，断然不会采用定义界线之外的作品。属于界线之内的，哪怕是稚嫩一些的作品，我也会采用。但这些稚嫩作品又必须是其中有看点的。眼下呈现出小丘相貌的那些作品，谁又能断言将来不会成为峻峰呢？

选拔投稿俳句这件事，就是要努力对一个个作者进行一番鞭策教训。走了歪路的作品落选，是对他们的警告。对那些自以为是的懒惰之人也是一样。对于落选者，鞭策会给他力量。选拔会给他们指明前进的方向。

一旦成了我们这家俳句私塾的学生，就要不断关注自己创作俳句的动向。

那些受不了鞭策的人，会逃出私塾。他们会为自己重获自由而感到高兴。但我认为，这种高兴是短暂的。

就这样，我通过《子规》杂志，四五十年来一直引领着俳句私塾的诸位学生。

《子规》杂志之外的选句也是同样。

《玉藻》1952年11月刊

我的座右铭

花鸟讽咏

说起花鸟讽咏,这可算是一个十分古老的话题了。俳句是根据季题创作的诗歌,因此也可以称为季题讽咏诗。用花鸟二字来代表季题,也可以说俳句就是花鸟讽咏诗。由此便诞生了花鸟讽咏这个词语。我认为,这个词准确地表明了俳句的本来性质,因此谁也不会提出异议。

但是,人世间反对我的人却不在少数,还有很多特别喜欢徒劳无益、夸夸其谈地大谈理论的人。由此,对花鸟二字进行狭义的解释,同时对讽咏二字也做一番狭义的解释,并提出非议的人似乎也不在少数。

这样的情况正是令人无奈的世间常态。只要我这样的人还存在于俳坛之上,那些想否定我的人,当然也会存在于俳坛之上。想否定我的人对花鸟讽咏破口大骂,也是一件必然的事情。

我说，俳句就是季题讽咏，即花鸟讽咏的诗歌。虽然我说得有些板上钉钉，但这是理所当然的结论，是丝毫也不容怀疑的。

我们《子规》杂志的各位同人以及《玉藻》杂志的各位读者之中，也有说着"那是讽咏派"，以此自视甚高，将自己置身于高处的自命不凡之辈。另外，也有人将我的花鸟讽咏这个词语束之高阁，尽量对它不予理睬。

我自始至终都会主张，俳句是花鸟讽咏的文学。这就如同是"俳句即俳句"一样，两者同义。

客观写生

写生这个词语，与花鸟讽咏相比的话，在世间流传得相对普遍一些。还有那些反对我的人也常常将写生一词挂在嘴上，似乎也多少明白一点写生的重要性。

但是，一说到客观写生，他们就会踌躇不前了。他们认为，为何要仅仅限于客观呢？主观地去写生也可以啊。

可是，客观性强的俳句，敢于主张创作的客观性。和歌是主观倾向很强的诗歌，而俳句则是客观倾向很强的诗歌。可以说，客观写生来自俳句自身客观性的特点。我们去读那些锤炼过客观写生技巧之人所吟出的俳句,对于这一点就会一目了然。

诸法实相

有个词语叫"诸法实相"。它所指的是用眼观看,用耳聆听,用手触摸到的实相世界。其含义与客观世界大体相近。所谓的"一念三千",指的是在人的心中存在着一个由各种纷繁念头构成的世界,即心中的大千世界。其含义与主观世界相同。好像还有一个叫"实相观入"的词语,这又是指什么呢?"观入",不就是踏入"一念三千"的世界之中的意思吗?

古壶新酒

我觉得古壶新酒这个词语很妙,但是将这个词语挂在嘴上的人却不多见。首先,俳句就是要将作者的思想装进十七个假名的形式之中。另外,还不能将季题排斥在外。也就是说,吟咏俳句,就是要在极端严格的限制条件下的古壶之中,装进新的内容。

俳句就是一种古壶装新酒的文学。我认为直至今日这一说法也非常适用。

深者，新也

"深者，新也"这句话，我已经使用了很久。这是看到河东碧梧桐为了追求新意，而常常踏入迷茫境地时，心中感到遗憾而说的一句话。想要追求某种新意而不顾后果地将双脚踩到常规的道路之外，这是十分危险的事情。我认为，与其采取这样的举动，还不如专心地去投入自己从事的事业或研究领域，进行一番发掘，深深地、深深地一直往下挖掘。这样一来，就会发现新的水脉。这种深深挖掘的举动与态度是值得尊重的。我们将花鸟讽咏选定为目标，长年累月地去积累研究成果，不管耕耘的面积大小，一定会开拓出一片新天地来。望各位切勿做一介徒劳地左顾右盼、毫无信仰之徒。

《玉藻》1952年12月刊

极乐之文学

我曾经说过一句话：世上有极乐世界的文学与地狱的文学。文学分成了这两种，它们都有其存在的价值。俳句是花鸟讽咏的文学，因此倾向于极乐文学。无论你是处于多么贫困的生活之中，无论经受着怎样的病痛折磨，一旦将心思寄托于花鸟讽咏之上，就会忘掉生活的贫苦，忘掉病苦，即便只是短暂的一瞬间，也能够将心灵置于极乐的境界。因此，俳句属于极乐文学。

穷人接触到描写贫困的文艺，他的心灵就会得到安慰。当一位病人阅读到描写因疾病而挣扎的故事时，他的病苦也能因此而得到安慰缓解。根据个人的考虑方法不同，有人也会将人生视为一场阴郁的、悲惨的宿命。按照这种思维方法创作的文学作品则是属于地狱文学吧。

也许，有人会这样来解读我的这段话，他们会说，极乐文学是逃避现实的文学。但并非都是这样。通过阅读极乐文学可以得到安慰、得到精神食粮，能够养成一股与贫贱做斗争、与病痛做斗争的勇气来。

能乐[1]中一定会有舞蹈场面。即便是描绘悲惨人生的能乐剧，在悲惨命运结束后，主人公必定，或者说是大多数情况下，会载歌载舞。为何要有这样的舞蹈场面呢？这是意味着由此得到了拯救。有了这一段舞蹈，主人公便从迄今为止的苦难生涯中被拯救出来，到极乐世界去安稳度日了。在能乐中唯有《隅田川》[2]或者是《绫鼓》[3]这样的剧目，故事的结局是无休无止的苦闷忧愁与执念不断。这两出戏只是例外。从大体上而言，能乐都是以成佛并歌舞来结尾的。

能乐是运用载歌载舞的形式来进行表演的艺术，亦属于极乐艺术。

我们对人本身来进行一番反复思考的话，就会发现，人皆因生活而悲苦，人生的结局都是死亡，没有比这更加悲惨的事情了。但是，虽然说人生是悲剧，也不能在一生的每一个朝朝暮暮，都将自己沉浸在悲苦之中。我们应该在生活中努力去寻找快乐，创造出载歌载舞的世界。描写人生的悲惨

---

[1] 能乐：日本三大戏剧之一，起源于镰仓时代的一种歌舞剧、诗剧，其唱词多出自古典和歌，典雅高贵，登台人物皆戴有代表不同身份的面具。
[2] 《隅田川》：狂女故事。一位妇女的爱子梅若丸被人贩子拐走，她四处寻找未果而发狂，终于在隅田川畔得到了儿子的死讯。
[3] 《绫鼓》：执着于俗念的冤魂故事。皇宫中的一位扫地老汉，迷恋上了女御（天皇嫔妃），最后死于绝望。

故事，敲打痛处，安抚痒处，这种文学是必要的。与此同时，忘掉这些悲惨，投身于歌舞的世界中也是必要的。

俳句是花鸟讽咏的文学。俳人漫游于花鸟风月之中，享受人生的快乐，这正是俳句的生命。我们不应该沉浸在无法解决的现实问题之中，也不应该每天都只是愁眉苦脸地陷于苦涩的人生境界中。

地狱文学存在也无妨，而另一方面，极乐文学的存在，对于人生而言，则更为必要。

《玉藻》1953年1月刊

三论客观写生

若无心灵感动，何以能有诗歌诞生！此中道理不言而喻。但有的作家一旦讲述起自己的一点小感动，就会露出扬扬自得之神情。我见他们露出这样一幅表情，实在是令人生厌。不但如此，我还想告诉他们，显露式地表达这种普通情感没有任何好处。将天地自然中的森罗万象映入眼帘，接着便等待心情平静下来。就这样，胸中会闪现出一点若有若无的火光，开始照亮心底。这种感动会渐渐变得深厚浓烈，与天地自然中的森罗万象融为一体，作者最终便会构思出俳句来。我认为，选择这样的创作途径，就是选择了一种正确地激发吟咏俳句的方法。这就是我倡导客观写生的原因之一。

就算不是以上的情况，在你的心底也常常会有按捺不住的心跳与感动吧。是将这种心跳与感动写成长文章还是短诗呢？短诗又分为和歌与俳句，到底选哪个呢？你会面临这样的一个岔路口。和歌用三十一个假名的节奏来咏唱，并且不受季题的约束，适合用来抒情。俳句则是十七个假名的格式，同时又必须受到季题的制约，不像和歌那样适于抒情。俳句虽然不适合抒情，但也并非是不能饱含情感。俳句本来就属于抒情诗的范围。如果不能抒情，还能算得上是诗歌吗？但是，俳句的抒情要借助季题，以客观描述为立足之点。这就是我倡导客观写生的原因之二。

诗者，志之所之也。若无心灵之感动，何以为诗？此乃不容置疑之事也。因此我才敢于在此来倡导客观写生之说。

写生文

在各种文章之中，有一种文体叫写生文。说到文章，本来就是要以感情为基础的。可是，我们不用滔滔不绝、细致地去叙述感情，而是要将感情深藏于内部，只是描写出偶然遇见的情景。读者会通过作者的描写，窥视到其内心感情。

不佳的写生文是那些拘泥于对眼前事实进行描写的作品。当作者想要到达更高的境地时，比起眼前的事实，笔下会更偏重于自己的感情。即便是一件平凡之事，读者也更加希望通过作者所描写的事实，来了解他的心动与感情。

《玉藻》1953年2月刊

理论诞生于实践之后

我认为，理论最好是在实践之后总结出来。进行创作活动的专业人士，更应该如此。总想尝试着用理论去指导自己创作的人，很难创作出有魄力的作品。与此相对，要在一种仿佛被某物指引的感觉下，忘掉一切专心创作。成功之后，再从创作过程中去发现、总结出理论来。

想要先找到一种思考法则与论证逻辑，然后才开始去创作，这样的人是弱者。另外，就像我先前说过的那样，我们会在阅读他们创作的作品时，碰到理论的墙壁，从而产生出一种不愉快的感觉。与此相反的想法是，就像是只有神灵在引导着你。抱着这样的心情来进行创作的人，常常会得到感情的雨露滋润，心情就像在茫茫无边的森林之中畅游一样。我采用的就是这样的方法。

《玉藻》1953 年 3 月刊

俳谐九品佛

我曾经写过一篇名为《俳谐须菩提经》的文章。其中说道，假如所有接触到十七个假名的俳句之人，都能够悉数成佛。

就算不信佛，只是在旅途中遇见过佛像，或只是听说过佛的名字的人，也算是结下佛缘了。不能因为他只是在旅途中见过佛像，或只是听说过佛的名字，就说他们只是一群与佛无缘的芸芸众生而已。

与上面的事例相同，听说过俳句之名，或者是见到过一句、两句俳句的人，就已经是与俳句有缘的众生了。

将他们与完全没有听说过俳句的人相比，两者之间还是大不相同的。他们之间有一道如同分水岭的山背一样的地方，山的这一边，居住着完全不知道俳句为何物的人们，山的那一边，则居住着至少是知道世上还存在着俳句这种诗歌的人们。站在俳句界的立场上来看，必须说，"略知一二"与"完全不知"两者之间是大不相同的。

我在《俳谐须菩提经》一文中说到了这样的情况。能吟咏出杰出俳句的人本来就有缘成佛；就算所作的俳句并不杰出，只要是创作俳句的人便可成佛；不作俳句，却以阅读俳句为乐的人，也能够成佛；阅读俳句，却并不会感到那么快活，只是阅读过俳句的人，也能成佛；不读俳句，只是瞟过几眼俳句的人，也能够成佛；还有，接触过俳句之名的人，也能成佛。所谓成佛，就是成了与俳句有缘的众生。

这篇《俳谐须菩提经》是我在明治末年或大正初年写下的。如今我依然持有同样的看法。

我开办了《子规》俳句私塾，与诸位弟子齐心协力，还开辟了一个名为"杂咏栏"的俳句专栏。我在选拔这些杂咏俳句时，便涌现出了与上面说到的有缘、成佛时一样的心情。

不用说，既然是选拔，自然要用一种严酷的批评之眼光挑选出优秀的俳句，抛开拙劣的俳句。但同时，我的心中也会浮现下面这番考量：

人的天分各不相同，都只能去从事与天分相适合的工作。因此，选拔俳句时，会首先选出"上品上生"之人吟出的俳句。然后，至"下品下生"为止，"九品佛"们吟出的俳句，将按照各自的天分来选择。这是我脑海中的想法。让"上品上生"之人处于"上品上生"之位成佛。"上品中生""上品下生""中品上生""中品中生""中品下生""下品上生""下品中生""下品下生"之人，都能够在各自所处的高度成佛，这就是我指导俳句私塾诸位学生的方针。

让人感到"俳句之门十分狭窄"，是因为不认为广大俳句作者皆能得道。而让人感觉到"俳句之门十分宽敞"，是希望大家都能步入佛道。这样一来，"下品上生""下品中生""下品下生"之佛，所表示的不光是他们存在的位置。也不能无视"上品上生""上品中生""上品下生"之人的成佛，将每个人置于不同的位置之上也是很重要的。

《玉藻》1953 年 4 月刊

客观描写

俳句也好，和歌也好，与其他文学都不一样，是属于大众性质的文学。但这里的"大众"与大众小说等概念的意义又会多少有些不同。

这里，先不去说和歌，只谈俳句吧。所谓俳句，并不具有让大众喜欢去阅读的性质，这一点与大众小说是完全无法相比的。俳句的读者被限定在一个读者群体之内，俳句的读者大体上都是俳句的作者。

但是，吟咏俳句的人是相当多的。读者很少，而作者很多。从这一点而言，俳句可称为大众文学。

我们将通俗小说称为大众文学，似乎这个称呼之中多少含有一些轻蔑之意。但是，从大众会自小说中得到安慰这一点而言，其价值依旧不菲。只是还是有一些性质恶劣的低俗作品泛滥，这不是一件好事。抛开低级庸俗的性质，同时又具有大众性的文学才算是好文学。

俳句也是由大众来吟咏，由大众来品味的，这一点上是有其价值的。除了专门的小说家之外，很难再有能够写小说的人。而说起俳句，即便不是专家，仅靠余技[1]，普通人也能够漫步俳句之道，畅游于俳句的天地之中。在人世间，俳句就会如同伴侣一样与你如影相随。

俳句有几万、几十万的作者，每天都会创作出几万、几十万首作品来。以这样的方式来抒发志趣，并汲取他人的志趣，大家同忧同喜。这就是俳句的世界。

我们应该如何来面对这样的大众文学呢？那就需要有实力强大的选句者了。这种情形是别的文艺类别中见不到的。世上虽然有人提倡"选句者无用论"，但是作为一种必然趋势，选句者还是必要的。可同时还出现了另一种倾向，那就是有人会争先恐后地想要去当选句者，由此产生弊端也是无可避免的。

广大群众倾向于喜欢吟咏那种充分表露感情的作品。但那样直接暴露出来的感情已经让人感到厌倦，变成了陈词滥调。我不喜欢那样的作品。

因此，我认为最好是教会学员们一种客观写生的方法，即让学员们去吟咏那些激发出他们感情的真实风景。尽管这样创作出来的作品之中，也会有不少陈腐之句、平凡之句，

---

1 余技：自己的业余爱好。

但很少会令人生厌。

引导大家走上客观写生之道，大众之中就会诞生出优秀人才，当然也会有依旧处于平凡之中的人存在。伟人出世，他就会进入一个"主观客观，自由自在"的境界。但是，平凡之人只要是始终坚持客观描写，也是前程远大的。客观描写，可以帮助大家安身立命。

《玉藻》1953年5月刊

客观写生与主观描写——致立子

女儿，我记得你曾说过这样一句话："人们都说我吟咏出来的俳句中，以主观俳句居多。也许，从结果上来看的确是如此，但我认为，事实上我一直都是在立志追求客观写生的。"

即便是在我自己想描述自己的主观之时，也要去追求一种立足于主观立场上的客观描写。要通过客观的事实（景色），让读者能够窥视到自己的主观意识。那些不能从中读出我的主观意识的人，也许会说我的俳句只是干燥无味的客观描写从而表示轻蔑。我认为，他们完全不懂得该如何去解释什么是俳句。只有从那些猛一看似乎平凡无奇的客观写生的俳句的深层内容之中，能够读出蕴含着作者心中主观之火的人，才是善解俳句之意的人。我不光是这样来吟咏俳句，也会这样来选拔俳句。

然而，你吟咏出来的俳句与我正好相反。你试图要进行客观写生，却不知何时就让它变成了主观描写的俳句。这是因为，当你描写客观事物时，自己觉得有趣的地方未能表现出来，改换为主观描写后，却出现了让人感到有趣的景色。

猛一看，这似乎与我的主张背道而驰，其实并非如此。这二者是完全可以并驾齐驱的。我主张的方法十分重要，但你所言的创作俳句方法也同样重要。

你吟出的主观俳句中，仅凭空想而来的作品很少。你是想要采用客观写生的手法来进行客观描写，但总感觉有某种不足，因此在其中再加上主观描写，由此才得以将景色描写得栩栩如生。这样的情况也会出现在别人的身上。但是，我认为这就是你亲自认识到这一点之后，开辟出来的俳句世界中的一方新天地。

我想引用你的俳句作为例子，来进行一番详尽的解说。

那就将这个话题放到另一篇稿子中去吧。

《玉藻》1953年6月刊

立子的俳句（选录数句）

美しき　緑はしれり　夏料理
夏季料理，一片美色呈新绿。

夏天的料理，使用鱼类也好，使用蔬菜也好，总之，都要清爽地闪现出一道新鲜的绿色。句中虽然没有描绘料理的形态，但洋溢着一片绿色，读来可让人想象出几道新鲜、散发着凉意的夏季料理。

泊り客　あるも亦よし　夜の秋
有客来留宿，共品秋夜凉。

秋夜里，人的肌肤已经开始感受到一种冷冰冰的凉意了。谢天谢地，这样的天气还算不错，那就放宽心休息吧。有客人在家中留宿的话，一般人都会感到有些紧张。但是今天家里有客人留宿，亦是一件好事。主客双方可以坐在一起，品味这夜凉风寒的气氛了。

　　　　茄子もぐは　楽しからずや　余所の妻
　　　　农妇摘茄子，不亦乐乎。

在郊外的田间小路上散步时，突然看见有一位好像是农妇的人正在地里摘茄子。本句吟咏的就是作者当时的感受。像那样采摘茄子，是一件多么快乐的事情啊。作者感受到，在后院的菜圃上收获茄子，农妇是心怀着身为家庭主妇的安逸与自豪的。按照句中的叙述，读者的眼前就能够浮现出当时的情景。

　　　　住み馴れて　時雨しことも　あまたゝび
　　　　习惯居此地，初冬频频遇冷雨。

在这个家里终于住习惯了。从晚秋到初冬，常常会下着霏霏冷雨。遇上这断断续续的冷雨时的心情，与在此处住习惯了的心情完全相吻合。本句用一种十分自然的手法，描绘出了一种闲适地居住在静悄悄的环境中，令人心情愉快的境界。

失せものに　こだはり過ぎぬ　蝶の昼
一物难寻觅，白昼见蝶飞。

作者要寻找一件心爱的东西，却怎么也找不到，对此事总是放不下心来，在四处寻寻觅觅，心中万千思绪。她无法让自己释怀，一扫心中郁闷，整整一天都不得安宁。作者往屋外望去，春光明媚，艳阳高照，有蝴蝶在翩翩飞舞。她明明知道春色正浓，却因为丢失的东西而懊恼不已，一天的心情都被弄坏了。

ハイカラは　いきに同じや　暖炉燃ゆ
洋气脱俚俗，壁炉火熊熊。

我们常常用"ハイカラ"（太洋气了）一词，多用来表示轻蔑之意。但是，洋气这个词却又同样能表达出都市人脱俗的时髦与帅气。西洋式房间的风格与布置、壁炉中熊熊燃烧的火焰。这种氛围正可谓洋气十足、时髦新潮。

銀漢や　吾に老ゆといふ　言葉聞く
望银汉，人道是，吾已成老年。

作者认为自己还年轻，但岁月与年龄却不饶人。总会有人对自己说："你也上年纪了啊！"直到此刻，自己才会猛然醒悟到，原来自己也不年轻了。仰望夜空，银河灿灿。望着那象征悠久永恒的银河，更加痛感自己无常的人生。

　　　銀屏に　けふはも心　さだまりぬ
　　　对银屏，今日心情亦平静。

作者因某件事而心神不定，这种迷茫的心情久久挥之不去。但是，如今跪坐在日本式的客厅里，这才终于让自己的心情平静下来。客厅中安放着一扇银色屏风，上面散发出沉稳而美丽的光彩。作者的心情虽然不是因为这一扇屏风稳定下来的，但这样的环境发挥出了让心神宁静的作用。

　　　下萌ゆる　心を籠めて　書く手紙
　　　春草萌，连远天，心事托信函。

本句的意思是：草芽在地下萌发，蕴含着即将破土而出的生机；我为了传递我的意志，正饱含真心地在给亲友写信。这是一封具有怎样重要性的书信？一切都可以让读者去浮想联翩。

《玉藻》1954年1月刊

杂感（三）

请专心研究俳句

有一种理论是从许多相关理论中归纳出来的，这种理论对于这些相关理论而言，是有价值的。假设也有一种不属于这些相关理论的理论，其与归纳出来的理论不相吻合。

正因不吻合，如果将理论强加其上，就会受阻。

俳句是一种特别的文学。无论在何时何处，它都是作为俳句而萌生、发展起来的一种存在。与一般文学属于完全不同的类别。

我们应该首先研究一下，所谓俳句究竟是一种什么样的诗歌，然后再来立论。有的人不知道何为俳句，就要去开口大发议论，这种行为是愚蠢的。世上的文学家不懂俳句；那些崇拜文学家的俳人，也不懂俳句；只有经过长年累月的研究之人，才懂得俳句。

应该创作健康的俳句

不知为何,目前流行的俳句呈现着一种病态,年轻人却对那样的俳句趋之若鹜。这难道是时代的问题吗?

子规是一位病人,但他却并不喜欢病态的俳句。他的肉体日渐衰弱,但其精神直至临终前依然健康。

をとゝひの　糸瓜の水も　取らざりき
前日午夜里,忘却取来丝瓜汁。[1]

子规面对死亡,却吟出了这样的心声。最近,我听见一部分俳人对此俳句喋喋不休,颇有微词。

鶏頭の　十四五本も　ありぬべし
鸡冠花,十四五株应盛开。

子规卧病在床,已经无法去数院中盛开的鸡冠花数目了。

---

[1] 本句是子规绝笔三句中的俳句之一。前天是中秋之夜,人们相传,于这一天切断丝瓜茎,取来汁水服用,可治疗咳嗽,但子规却忘了丝瓜汁一事。如今,东京都台东区根岸子规庵中,竖起了子规绝笔三句俳句碑。其余两句分别是"痰已堵塞喉咙,自知已经不久于人世"和"要靠丝瓜汁来治病,恐怕来不及了"。这一天,子规陷入昏迷,于翌日凌晨1点去世,享年34岁零11个月。

所以句中写"十四五株应盛开",非常坦荡地表明了只是他的大致推测罢了。子规喜欢追究明了的结果,就像他的弟子坂本四方太经常说的一句话"首先要将物品的数量搞清楚"那样。子规的头脑没有患病,一直十分健康。

　　头脑健康之人,就应该吟咏出健康、活泼而充满生机的俳句,创作出堂堂正正的俳句。病态的俳句就交给病人去吟唱吧。

《玉藻》1953年7月刊

笹子会诸君

最近，笹子会的朋友们来寒舍举行俳句会时，成濑正俊君说过这样一件事：

"在我们班上有人创作和歌。那位男生常说：'青年抱有理想，就要有本事。但是有的青年却沉浸在玩弄谛观的俳句之中，实在让人感到意外。俳句这玩意儿，就让那些老年人去写吧。我们年轻人，应该追求梦想，讴歌理想。'（这段话与那位青年的原话可能多少有些出入，但基本意思如此。）我听到这样的话，一时间无法回答。"

听他这么说过之后，接着又陆陆续续听到了其他人的一些话题。要说起近代思想，首先是贫富问题、工人运动问题等。

于是我就试着问了一句："生死问题又该如何来看待呢？"

花鸟子君回答说："我们所说的都是来自马克思主义、属于社会上的实际问题。与你说的问题无关。"

接着，他问了我关于死的感想。我是这样回答的：

"我不懂得死亡。但是我不认为人死之后就会归结为无。假如说一个生命曾经存在于宇宙之中，那它死后就总会在某个地方作为宇宙中的一个分子留存下去。而被称为分子的物质，不是一种有具体形状的东西，会作为一种能量保留下去。我不知道这会是一种什么样的东西，总之它会作为一种能量保存下来。我对这个问题的思考还处于混沌状态。"

他接着又问我："看来生死问题不属于近代思想吧？"

我回答说："我不考虑那样的问题，因为我是实际主义者。"

我考虑了一番那位鼓吹追求梦想、畅谈理想的年轻人的话。追求梦想、畅谈理想的人，其实不光是青年，也有老年人。另外，青年当中也有不抱理想的人。

我认为，就像那位青年所说的那样，追求梦想、畅谈理想的文艺都是值得尊敬的。俳句无法让那样的青年心满意足。那就请他去选择别种体裁与形式的文学吧。

但是，俳句却并不会对思想进行限制。用俳句来吟唱那位青年希望追求的思想也是可以的。

我再说一遍，俳句并不会去限制思想，思想本该是自由的。只不过俳句是一种季题的文学，花鸟讽咏的文学。花鸟所能容纳的思想，就是俳句所能容纳下的思想。还有，俳句的性质主要是以客观描写为主，要在客观描写的范围之内讴歌思想。

我欢迎那些想尝试新事物的青年。但是，不能因为是新事物就悉数叫好。新事物之中也会不断诞生出畸形儿，这种现象是我们应该杜绝的。此外，俳句并非就一定要吟唱谛观的诗歌。俳句是一种更容易变通的文学。

还有，局限于近代思想之中的人去选择俳句，并不是一种聪明之举。他们应该选择更适合他们的文学。

想用俳句来讴歌近代思想的人十分辛苦。但是，徒劳无功的结局是悲惨的。俳句的花鸟讽咏、客观描写的坚定原则是不会改变的。

《玉藻》1953年11月刊

地狱的背景

我曾经说过，文学可以分为极乐文学和地狱文学。俳句不是地狱文学，而是属于极乐文学。这里，我想再进一步对此进行更为详细的说明。所谓极乐文学，是以地狱为背景的文学，地狱文学则是以极乐为背景的文学。

比如说，人最终都是一死，这是一种最为残酷无情的事实。那些将要接受死刑的人，其受刑的时间会随着钟表的咔嗒咔嗒声，一分一秒地逼近。对这样的死囚犯，已经没有什么可以给他带来一点希望或一点安慰了吧。如果说还能有一线光明的话，就只有关于极乐世界的空想了，以及他们眼前的最后一道光芒。我记得，家父在咽气之前，一直凝视着煤油灯的光。我便将灯芯挑长一些，让光线尽量明亮一些。我听说，歌德在临终之前说出的最后一个词语就是"光"。极乐文学即是描写光，给予陷入绝望之中的人一点安慰。

所谓地狱文学，是只能远远地望着极乐世界，却根本无法到达那里，只好眼睁睁地任凭病苦、贫困、恶魔横行。地狱文学的出发点，就是这种让人只会感到痛苦的世界。要是连极乐世界也无法望见，以为自己居住的地方就是唯一的世界的话，就只能让人无可奈何地感到万念俱灰了。而之所以没有万念俱灰、彻底绝望，是因为在遥远的彼岸还有一个极乐世界。地狱文学是只有在向往极乐世界天地的希望中才能存在的。

地狱与极乐，是相对而存在的，没有地狱就没有极乐，没有极乐也就没有地狱。

极乐文学以地狱为背景，地狱文学以极乐为背景。畅游于花鸟风月，陶醉于吟咏俳句的乐趣之中，因风月而费神，为花鸟而劳心，也都是以忧愁人世为背景的。可以说，俳谐就是为了抚慰世间的辛酸而存在的。花鸟风月是在痛苦的人间生活中才有意义的存在。俳句描绘悠久无尽的人生，描写美妙的花鸟风月的天地，这一切都是以地狱为背景才具有价值。

俳句是吟咏花鸟风月的文学，即极乐文学。但是，我们时刻也不能忘记，其背后是以地狱为背景的。

《玉藻》1953年12月刊

讽咏

人们说，连句中的"发句"与"胁句"都属于问候语。当俳人甲去拜访俳人乙时，在这种情况下，俳人甲作为来访的客人，首先应该对俳人乙道一声问候。这就是"发句"。这时，俳人乙也应该回赠一句问候，这就是"胁句"。比如：

饯别乙州东武之行

梅若菜　まりこの宿の　とろゝ汁
梅开菜嫩时节，鞠子旅店薯蓣汤，　　芭蕉

かさあたらしき　春の曙
戴上新斗笠，迎来春曙色。　　　　　乙州

本句的对答唱和并非拜访友人。乙州要去江户旅行，芭蕉来为他饯行。芭蕉的问候就是"发句",乙州接受问候,他回应芭蕉的诗句就是"胁句"。也就是说,与拜访友人时相同,也是在唱和以互相问候。梅花已经绽开,又到了采摘野菜嫩叶的时节了。你在这样的早春季节踏上了前往东海道[1]的旅途,将投宿于鞠子旅店。在那里会喝到东海道上有名的薯蓣汤[2]。这是芭蕉对乙州旅途中的情景进行了一番想象而赠给他的问候"发句"。乙州回答道,我买了新斗笠,戴着它在春季的清晨早早出发。乙州的回答就是"胁句"。还有一个例子:

狂句こがらしの　身は竹斎に　似たるかな
冷风吟狂句,吾身似竹斋,　　　　　　芭蕉

たそやとばしる　笠の山茶花
来客是何人?山茶花瓣落斗笠。　　　　野水

"发句"说,我是吟出狂句[3]的狂徒;像是一个浑身带有

---

1 东海道:连接江户与京都的官道,全长约490公里。是当时日本的主要交通干道。
2 薯蓣汤:将山药和佛掌薯碾碎,加上调味料烹饪出的汤汁,是东海道上鞠子旅店的一道名汤。
3 狂句:一种滑稽诗句,属于俳谐格式的诗句,连歌中的无心之句,是讽刺短诗川柳的前身。

枯槁秋风，落魄狂放、时运不济的人；是在吹得众芳摇落、树叶落光的冷风之中四处漂泊的人；也像是一个名叫"竹斋"的物语中虚构的狂徒。脱下草鞋的芭蕉首先向主人表示问候，主人野水接受了芭蕉的问候，便回答道，刚才你光临寒舍时，我还不知道来客是谁，只见你头戴斗笠，从盛开的山茶花下来到我的面前。斗笠碰到了山茶花，花瓣飞散飘落，看见有客人从花下出现，客人与山茶花就像是在相互呼应，山茶花有心，飘落到客人的斗笠之上。我迎上前来问道："来客是何人？"原来是芭蕉翁啊。主客双方都是性格狂放豁达之人，一方表示谦逊，另一方则表示欢迎。也就是说，这样的问候相互构成了"发句"与"胁句"。我对这样的解释表示赞同。

可后世的陈腐俳谐宗匠们，对这一组问候过于尊崇，不断去模仿，吟出恶俗之句，仅表达出问候之意即感到自鸣得意。出现这样的情况也是令人无奈的。

单单是以问候之意来解释这里的"发句"与"胁句"，还远远不够。如果仅仅是这样解释的话，就会引发陈腐俳谐宗匠们常犯下的错误。这里不光是包含问候之意，"发句"与"胁句"两者都在讽咏。我们不能忘记了讽咏的重要性。

本来，诗歌就是一种讽咏的文学。两位俳人见面后相互表示问候，这样的场景不光是在表达问候，其中还有非常重要的讽咏。俳人甲吟出的是天地之间的景胜风物，其中饱含着问候之情谊。俳人乙恭敬地作答，讽咏花鸟风月，同样是饱含问候之情。如此诞生而来的就是"发句"与"胁句"。就这样，讽咏连绵下去的话，成为三句、四句。经过了"花之座""月之座"[1]的阶段，俳人们吟出的诗句还会长达三十六句，这叫作"歌仙"形式，甚至还可以是五十句的"五十韵"形式、一百句的"百韵"形式。如果忘记了讽咏，就不会有"发句"与"胁句"。天高地广，尽情讽咏，这正是俳谐之精神。一旦忘却了讽咏，俳谐就不存在了。

俳谐的"发句"，自从独立以来，一直发展成了今天的俳句。俳句亦是讽咏的文学。失去了讽咏，就会在一刹那间失去了诗歌的性质。

讽咏之时高扬的精神，就如同是充满自信、与天地共存的器宇轩昂，开阔深广。

《玉藻》1954年1月刊

---

1 "花之座""月之座"：分别指连歌中，必须吟咏花、月的部分。

寄希望于独具慧眼之士

我常常努力去追求俳句的新意,以此不落后于年轻人。但是,我的求新全部都是属于俳句范畴之内的,并非是与俳句无关的新鲜内容。我不会将重点置于脱离了俳句本来性质的新意之上。归根结底,俳句就是俳句,我所希冀的是符合俳句的创新。

比如说,在目前的社会问题之中,工人阶级的劳动问题是头等重大的问题。但是,如果将其写进俳句的话,恐怕就不合适。至少可以说,将这样的社会问题引入俳句之中,比起其他的文艺形式而言,更为不便。俳句只有十七个假名,还要有季题,它并非是一种可以容纳重大社会问题的合适形式。

十七个假名、季题,自然是要俳句将花鸟讽咏定为创作指南。俳句对花鸟讽咏永不厌倦,不得不沿着花鸟讽咏一路前行。这是一个理所应当、日久弥新、永不过时的追求。

通过花鸟、借助花鸟、描写花鸟，吟唱人心。讽咏讴歌人情，这就是俳句。文学大体上可以分为两大类：倾诉苦涩、描写斗争的文学，以及描写慰藉之快乐、描写和谐之快乐的文学。众所周知，俳句并不属于前者，而是后者。

让俳句去歌唱工人运动，这并非是在求新，而是无视俳句的本来性质。那样做只会让一些人产生错觉，认为这样的俳句有了一点新内容。可这样下去，不久之后俳句就会因此而变得面目全非，而且不受欢迎。憧憬四季，赞美花鸟，似乎是在重复着一种陈腐的思想，但其实这样可以一步一步地在俳句的天地之中寻找到更新的境界。这一点，只有独具慧眼之士早已洞若观火。

《玉藻》1954年2月刊

忘掉了歌唱的金丝雀

有一首童谣叫《忘掉了歌唱的金丝雀》。近来，有不少俳句也忘记了讽咏，其旋律生涩，语言佶屈聱牙，十分难懂。像《忘掉了歌唱的金丝雀》一样，或许可以调侃其为"忘掉了讽咏的俳句"。这种俳句四处泛滥，令人十分不快。

所谓"明白如话，余韵悠长"的俳句，这句话就是标榜俳句正确方向的纲领性语言。是当年我们针对新倾向俳句难于理解，大多数俳句忘掉了讴歌讽咏自然、花鸟等自然现象而提出来的。从那之后又过了几十年，俳句界又刮起了一股追求佶屈聱牙的语言、让人觉得十分难懂的颓风，对此我们应该重新高举当年的旗帜："明白如话，余韵悠长。"

《玉藻》1954 年 3 月刊

俳人之间的心灵交流

俳人之间的交流,贵在心灵交流。所谓心灵,并非是指学问、智慧、见解,也不关乎社会道德之事。俳人之间的交流,是专指通过大自然之胜景,借助花鸟风月来进行的心灵交流。

两位俳人相遇时,便会相互问候。他们之间的寒暄相较普通人的"天气变得寒冷了""真是个好天气啊!",要更进一步。

  鳶の羽も　かいつくろひぬ　初しぐれ
  初冬冷雨,枝头鸢鸟拍翅,   去来

  一ふき風の　木の葉しづまる
  一阵风吹过,树叶归平静。   芭蕉

向井去来对芭蕉说道:"从今天开始飘起了初冬的冷雨。栖息在树上的鸢,被冷雨淋湿了羽翼。它不停地拍打翅膀,过了一会儿将翅膀收了回去。"

于是芭蕉回答说:"是啊。当时我看到的景色是,有一阵风嗖嗖地吹了过来,树叶纷纷散落。但很快就恢复了平静。"

他们两位的问候语和"天气变得寒冷了"并无多大不同,却都同样是以描绘冷雨飘洒时令的景色来互相问候的。两人都是对眼前的景物产生了共鸣与同感,开始了以上的对话问候。

　　　　市中は　物のにほひや　夏の月
　　　　万物飘气味,夏月照市井,　　　　　凡兆

　　　　あつしあつしと　門門の声
　　　　热杀人,热杀人,家家传喊声。　　　　芭蕉

凡兆吟咏道:"走过炎热的夏夜街市时,各种物品都散发着扑鼻的气味。鱼店也好,水果铺也好,酱醋屋也好,还有垃圾堆,各种气味都混在一起飘进鼻孔。被氤氲之气包围着的夏夜之月,从天上露了出来。"

芭蕉回应他而吟唱出:"可不是嘛。你看,家家户户的人都跑到街上来了,异口同声地喊道:'暑天的夜晚真难熬啊!'"

这也是两位俳人对同一景色产生了共鸣，从而交换了一句发自内心的问候。

    灰汁桶の　雫やみけり　きりぎりす
    碱水桶漏水滴答，声停又闻蟋蟀鸣，　凡兆

    あぶらかすりて　宵寝する秋
    为省灯油钱，秋夜早睡眠。   芭蕉

  凡兆陈述了那天晚上的冷清寂寞："碱水桶注满水后，碱水会从下面的小口处一点一点地滴下来。这是一座具有古旧风格的人家。不知何时，那水滴声停了下来，碱水桶中的水已经流完了吧。刚刚发现那滴水声停下来，却又开始听见了不知是从何处传来的蟋蟀鸣叫声。"

  芭蕉立即应声附和："可不是嘛，真是个会过日子的节俭之人。为了节省灯油，让全家人早早就上床睡觉了。"（即便两人并未亲眼所见上述场景也无伤大雅。可以以想象的方式展开对话。）

    饯别乙州东武之行

梅若菜　まりこの宿の　とろゝ汁

梅开菜嫩时节，鞠子旅店薯蓣汤，　　　芭蕉

かさあたらしき　春の曙

戴上新斗笠，迎来春曙色。　　　　　　乙州

芭蕉送别弟子时，陈述心情的同时又想起了东海道上旅店中的美味。他说："乙州即将前往江户，特为你饯别。你路过东海道时，春意渐浓，梅花绽开，你可以采摘嫩绿的野菜来尝鲜。当你到达鞠子旅店时，一定要品尝一下当地的一道美味薯蓣汤。"

乙州重新打量自己的打扮，回答说："多谢先生！我新买了一顶斗笠，旅行中所需的一切都准备好了。那就让我趁着春天的曙色，轻松愉快、高高兴兴地出发吧。"

这一组问候比起前面的三组则是更进了一步，加上了送别与留别的意义，还歌唱了沿途胜景，呈现出心灵的交流。

以上是我从《猿蓑》[1]的连句中的"发句"与"胁句"之中选出来的，由此可说明俳人之间的心灵交流是如何通过花鸟风月来实现的。

1　《猿蓑》：江户时代前期的俳谐撰集，1691年5月成书，由去来和凡兆共编。为《芭蕉七部集》之五。

最近，我前往大和国高取城[1]，拜访了俳人高野素十君的临时住所。当时，我们之间分别吟出：

素十居を　訪ひ秋日和　安心す
心绪安，秋气爽，素十居处我来访，　虚子

鳥威し　皆ひるがへり　虚子が行く
群鸟威武正翻飞，虚子叩门扉。　　　素十

这一组与前面举出的例句，即连句的"发句"与"胁句"有些不同。但同样十分恰当地讽咏、描写出了当时的情景。其实这完全是偶然。只是到了事后一看，从当时吟咏出的俳句之中，也可以读出问候的意义来。比起问候寒暄的作用，这里我更想强调的是，俳人之间的交往与访问，是通过花鸟风月来表达的心灵交流。

于是，这也并非仅仅是一种问候寒暄的语言，而是诗句，是俳句的讽咏。

《玉藻》1954年4月刊

---

[1] 高取城：日本三大山城（美浓国岩村城、备中国松山城、大和国高取城）之一。

何谓求道

近来,在俳句界流行着"求道"这个词,这真是一个非常了不起的语汇。回顾一下俳谐的历史,就会发现当时就有芭蕉等人率先立志于求道之事业。或者在意外之处,也可能有这样的高士存在,但他们好像首先是以芭蕉等人作为自己追求的目标。

佛教对芭蕉的思想产生了极大的影响。我认为,所谓芭蕉之道,就是佛教之道。至少可以这样说,芭蕉之道就是佛教徒之道,再加上儒家信徒之道。

于是,一个难题又出现了,我们不禁要问,佛教与儒家思想是如何与芭蕉的俳句发生联系的?我们还会进一步去考虑,这二者对俳句的价值产生了何种影响呢?

俳句惜墨如金,是一种寡言之诗,一种言犹未尽之诗。因此,对于同一句俳句,不同的解读者会得出不同的解释。在我看来,可看作求道之句的作品,即使是在芭蕉的俳句中似乎也只占少数。

俳句的目的，或者说整个文艺的目的，并非求道。俳句与其他文艺的目的一样，是要追求美，着眼于高尚之美。不可否认，的确存在着一种基于求道精神的高尚之美，但也不仅仅是如此而已。讴歌讽咏大自然之美的高尚俳句不胜枚举。其目的不是求真，而是追求美。

所谓求道俳句，反而容易陷入陈腐平庸的泥潭。

《玉藻》1954年5月刊

求真

在3月20日《子规》杂志社举办的"吟咏俳句与演讲大会"上，上村占鱼君做了一场演讲。这里，我就来谈谈我对上村君演讲的一些感想。他在演讲的最后说了这样一句话：

> 我认为，我们去追求真的话，美就会紧随其后而来。

这不是他个人的看法，而是最近在人们当中常常能够听到的一句话。

求真，就会得到真的结局。但若是要将真变成美，却还是需要技巧的。这就是艺术家的作用。真，自始至终都是真。该如何将真变成美？这是艺术范畴中的一个重大课题，其中也饱含着艺术家的一片苦心孤诣。不去考虑这个过程，以为真可以马上变为美，这样的思路是错误的。

《玉藻》1954年7月刊

难解之俳句

所谓难解之俳句，即那些或在读之前必须要对古典作品进行一番调查；或不去查阅字典就无法看懂；或罗列着艰深的文字，让读者望而却步的作品。

还有一些浅显易懂的作品，读者对作者想要表达的意思一目了然，但完全无法领会其中的妙趣。这样的俳句一般不会归入难解的部类之中，但是归根结底，它们还是属于难解的部类。

可是，这里我们还需要仔细考虑一番。通过进行各种调查研究，反复思考，渐渐地明白这些难解俳句的意思后，其中的妙趣也会浮出水面。正因为它们费解，一旦读懂了，其中的妙趣就会立即显露，往往还会出现这样的情况。

特别是那些叙述平凡琐事的俳句作品，其实是立足于作者的深思熟虑之中吟咏出来的。我们仔细品读、思考，就会读出其中的奥秘。猛一看，这些俳句所描写的事情都是那样普普通通、平淡无奇。但是，在作品的深层之中却包含着作者感情的起伏跌宕。正因为这些俳句平易近人，其中的感情才能顺畅地传达给读者。而用语艰深的，其内部蕴含的深意就很难表达出来。品读难解之俳句的读者们，一定要将这两种俳句区别对待。叙述手法平淡的俳句，猛一看只不过是一句平凡的作品而已，但对这样的俳句等闲视之的人，可以说就是缺乏鉴赏能力之人。只有那些眼光敏锐，能读透纸背之人，才能够真正理解其中的妙趣。而那些目光短浅之人，无论如何也无法达到那样的境界，他们只能看到表面或浅层，就武断地将该作品看成平庸之作了。这种态度恰恰暴露了自己缺乏历练，眼光不明。对待俳句这样的短诗型的诗歌，特别要慎之又慎。

《玉藻》1954年8月刊

和歌与俳句

毋庸置疑，和歌适于抒情，俳句擅长写景。今天我就对这个问题进一步讲述一下吧。

和歌的形式是由 5—7—5—7—7 的三十一个假名构成，而俳句则是由 5—7—5 的十七个假名构成。这样的不同形式就决定了和歌与俳句的不同性质。事实上，与俳句相比，和歌的特色是结尾两句 7—7 的旋律。而俳句只有 5—7—5 的节奏，没有 7—7 的旋律。

最终两句的 7—7 调子是适于抒情的旋律，因此和歌适合抒情。俳句没有那样的调子，因此无暇去抒情，只能是以写景来结束全诗。大致可以这样说。但是，在谈论这个话题之前，根据日本诗歌可以分为的三大类：戏曲、叙事诗、抒情诗，和歌也好，俳句也好，本来它们都必定是包含在抒情诗的范畴之内的。有关这一点，我想在这里多说几句。

俳句描写的是亲眼看到的景色。但是，作者描写这个景色的动机，来源于作者的感动。只是和歌会将这种感动诉诸语言文字之中，但俳句却不会将感动表现在言辞里。比如说：

古池や　蛙とび込む　水の音
古池苍茫，青蛙入水一声响。

芭蕉的这句俳句仅仅是描写了景物。但是，芭蕉在描写当时的景物时，心中充满着要描画这一景象、不吐不快的冲动。我们吟诵这句俳句时获得的感动，不光是为景色而感动，同时也是为芭蕉之心而感动。打个比方，这里有一棵树，人们只能够眺望长在地面之上的部分。但是，再往地下看看，在与树高一样的地下深处，还盘踞着庞大的根系。如果我们认为，自己所见到的枝叶就是这棵树的全部，那就大错特错了。如果不去寻找树的庞大根系，就不会明白这棵树的全部体貌。俳句也是一样，我们不但要去品味作者所吟唱出来的诗句，还需要考虑作者一定要吟咏出这句俳句来的那颗心，也就是相当于树的根系部分。如果是和歌，会吟唱树木的枝叶繁茂伸展的姿态，以及树根盘绕的样子，这样我们就会明白这棵树的全貌。而俳句则只是去吟咏树木长在地面上的部分，而不去描绘隐藏在地下的部分。但是，优秀的俳句作者会联想着树木埋藏在地下的部分，同时来吟咏地上的部分。优秀的鉴赏家，见到树木的地上部分，就会立即想象出地下的部分。俳句正是在吟咏者与读者之间自然约定了这样的创作与鉴赏的方法。

习惯于吟咏和歌之人，见到俳句时，就会认为这只是一种枯燥无味的写景诗罢了。而习惯于吟咏、欣赏俳句之人读到和歌时，则会感到写了很多多余的内容。

我在这里还要说上一句，不是只有7—7的旋律适合抒情。采用倒装句式，用7—7的旋律来叙事，而用前面的5—7—5的旋律来抒情，这样的情况也是存在的。与其说7—7的旋律适合抒情，不如说5—7—5—7—7的和歌旋律适用于抒情。反过来说，5—7—5的旋律适合写景，但是，有时候也会适用于抒情。不过总体而言，还是和歌适于抒情，俳句擅长写景。再从大体上来看，和歌也好，俳句也好，都属于抒情诗。和歌是善于运用言辞的抒情诗，而俳句是沉默的抒情诗。

将无根之树栽到土里，它无法活下去。只有根深的树木才具有勃勃生机。还有一件事，是我从园艺师那里听到的。庭园中的园艺石（日语叫"庭石""景石"），如果只是将它放在地上，也会显得有气无力。园艺师要将这块园艺石的一部分埋于地下，埋得越深，就越能显示出园艺石的魅力来。

我早就说过"俳句余韵悠长""有背景的俳句"这两个概念，其实都是指类似此处在地下盘根错节的感情，或是写景与抒情之间因果、事实之间的联系。

《玉藻》1954年9月刊

俳句小议（一）

一

我谈论花鸟讽咏，是因为它是将俳句与其他文学相比较后，俳句的显著特质。我说，与其他文学相比，俳句具有特殊的性质。那就是季题，用它来吟咏四季。

可是，社会上有一部分人却说，那说的是《子规》杂志的俳句，只是虚子心目中的俳句。这样说也未尝不可。

我步入俳句界已经五十年，世上有一些人对我的俳句已经感到厌倦了。那么，下一步即将兴起的俳句又会是什么样呢？会出自反对我的人之手吗？还是出自曾经向我学习过俳句的人？不管会出自何方，都是很有意思的问题。芭蕉自师从西山宗因学习俳谐以来，就创立了自己的风格。荒木田守武实地学习了连歌之后，又创立了俳谐。

《子规》杂志中也不断搏动着新的气运，在杂咏栏目中不断有新的俳句显示出日渐成熟的风格。

新俳句的诞生,不是因为事前就出现了前兆,而是俳人们潜心研究、苦心追求而得到的结果。新俳句是自然而然地诞生出来的,这即是所谓的"深者,新也"。

俳句的写生技巧会根据不同的解释方法,得到十分广泛的应用,而且还能更深入地运用。有人对写生只做了狭义的解释,以此来攻击写生技巧,我觉得这样的人并不可怕。而那些对客观写生进行了深入广泛的解释,锐意开拓出新境界的人,我对他们怀着敬畏之情。

二

过去,我就经常听说这样的议论,在最近的俳句创作中,又不时出现关于俳句季题的问题。有人认为,俳句不一定非要有季题不可。没有了季题,难道就不是俳句了吗?这与对俳句所下的定义有关。我们认为,从传统的连歌发展而来的"发句"即是"俳句"。而有人对此却毫不在乎,甚至说十七个假名的诗歌就是俳句。不过,果真如此的话,那些没有季题的"俳句",能有多大的价值呢?能否创作出有实际价值的俳句,这才是关键问题。

人们常常将"探求人生"挂在嘴边,如果仅仅如此,那就不需要季题了。如果还是需要季题的话，这样的俳句就会让你倾向于花鸟讽咏的吟咏。

《子规》1948年7月刊

俳句小议（二）

一

1936年，我在出版拙著《俳句日记》（『句日记』）那本小书时，曾经写过以下的序言：

心灵生活，就如同幽深而丰沛的大潮，诗歌就是水面上的波涛。《俳句日记》正是在我生活的表面涌动着的波涛。善于阅读的诸位读者，也许会透过这些波涛，细致入微地理解我的生活吧。

最近，我在札幌进行简短发言时还说道：

俳句就如同我生活的波涛表面浮现出来的泡沫。

波涛尽管只是潮水的一部分，不久也会成为大潮。泡沫尽管只是波涛的一部分，不久也会成为波涛。我吟出的俳句，正是虚子我心灵生活本身的体现。

二

生死是人生中的大问题。无论是什么人，死亡都会张开大口等待他。但这就是与天地运行同样的自然现象之一。

我们就是面对着死亡而生活着的。死亡无法逃避，想逃也是逃不掉的，我们只能不停地去努力生活。围绕在我们生活四周的，有花鸟风月。俳句就是通过花鸟风月来讴歌生活的诗歌。

诸位都是用俳句在不断地记录着各自不同的生活。俳句记录下了诸位的内心生活、社会生活。大家都是在不知不觉之中，经年累月地将这些生活记录于自己的俳句集中。

三

日月星辰之运行，四季之嬗递，草木荣枯，花开花落，鸟去鸟来。人就是生活在这样的环境当中。理所当然，我们的生活会受到各种自然变化的影响。不对不对，我是依靠自己的力量在生活——这样看问题是对大自然之力的漠视。与其说是漠视，不如说是出于忘却。但是，他总有一天会明白这样一个事实，自己是一直生活于大自然的怀抱之中的。只要他回顾自己的生命历程就会发现，自己不过是比芥子颗粒的几亿兆分之一更为渺小的一种存在而已。

可是，其中竟然还存在着自我，还有自己的生活。不对不对，当你忘却了大自然，而仅仅是关注自我，放弃一切，追求彻悟而进入冥想时，却不知大自然中存在着等同于浩瀚宇宙一样的自己的人生和生活。

你的人生记录、生活记录的内容之一，就是通过花鸟风月吟咏的俳句。

四

心灵的生活记录有多种多样的形式。有小说，有诗歌，有日记。它们又有着各自存在的价值。俳句也是其中之一。

俳句的特色之处，就是通过花鸟风月记录生活。

俳句，作为花鸟讽咏的文学，有着其他文学所不具有的特色。

俳句，作为花鸟讽咏的文学，独步于文坛之上。

《子规》1948年9月刊

俳句小议（三）

一

首先要仔细品味每一个季题（季语）特有的性质。

要清楚前人是如何使用这些季题的。

要仔细考虑，我们该如何面对、使用这些季题。

二

当你要吟咏某件事情、某种感情时，应当细心推敲要配上什么样的季题为好。

当你找到适合的季题时，对那件事情、那种感情，都应该竭尽全力去描写。

季题不是一种累赘，它们会有效地发挥出一种功用来。

三

比如说，你要吟咏祝贺或悼念的俳句时，对你要吟咏的对象人物，应该选择什么样的季题？这个问题尤为重要。

四

季题不是微不足道、若有若无的存在，而是一种强有力的存在。

《子规》1949 年 7 月刊

俳句小议（四）

　　心灵深邃之人、心灵浅薄之人、心胸宽广之人、心胸狭窄之人、大思想家、小思想家、怀疑派、乐天派、愤愤不平之士、悠闲之士、劳动者、知识阶层、穷人、财主……不问出身，不管是哪一种人，只要吟咏的是真实的心境即可。

　　不管是哪一种人，都不要去扬扬自得、装模作样、卖弄炫耀，贪婪地去附庸风雅，那样做只会让人十分厌烦。

　　只有在内心之中，深切地去感受，才会吟咏出优秀的俳句来。

《子规》1949年9月刊

答村冈笼月君

村冈笼月君从福冈县若松市寄来了自己创作的俳句稿，他还在书信的最后这样写道：

拜读了《玉藻》7月刊上的大作《求真》。先生否定了这样的论调——"去追求真的话，美就会紧随其后而来"，您这样的说法令我瞠目结舌。

我知道，人世间有许许多多追求真，却并不美的俳句。还有，我也知道，有人只是浅薄地理解先生所提倡的客观写生，仅单纯地写生便感到满足；我还知道，有人胡乱地堆砌文字，将语句复杂化，而忘记了要将俳句推向象征意义的高度。

先生所提倡的客观写生，支撑着您有关"求真"的俳句理论。我常常想，这是一个深不可测的问题。

以上之话多有冒犯，敬请海涵。

仅仅只是去追求真，是不可能自然就会有美出现的。我想，这一点就算我不说，也有很多人会明白这个道理。比这更为重要的，是您也写到了客观写生，这引起了我的注意。对这个问题，我也想多说几句。

我完全不认为自己的理论是完善的。只是我自己在吟咏俳句、创作写生文时，总不会忘记要追求客观写生。过去，我的俳句和文章中都披露了很多自己的感情。回顾这弊端颇多的过往岁月，我首先告诉自己，应该将感情藏在内心，采用客观写生的手法。因此，时至今日，我吟咏的俳句、写出的文章，都是以客观写生为信条而得到的收获。我对此颇为满意。即便是心中感到地动山摇，地震般的感情汹涌澎湃，我无论如何也要将其内敛起来，采用客观写生的手法来吟咏俳句，来写文章。这就是我的信条。

另外，同时我也用自己信奉的客观写生的创作方法来引导别人，这绝非意味着随意对待感情。我是说，要将感情内敛在心底，不轻易外露，要立足于这样内敛、深厚的感情之上进行客观写生。我采用这样的方法写作了几十年。我相信，在这期间，还培养出了不少的优秀俳人。

客观写生这个词语尚不完美，但它却是我的信条。

我以前听说过"感情移入"这个词语。这是在对我的客观写生理论无法感到满意时，便会常常在客观事实之中移入自己感情的写作方法。有人认为，如果不这样做，就写不出优秀的俳句来。"感情移入"所指的就是这个意思。但是我认为，那种输血一样的"感情移入"，是不会有任何用处的。正如我在前面说过的那样，感情必须在内心中沸腾，如若不是这样，就没有任何意义。在地球的内部潜伏埋藏着炽烈无比的烈火。与此相同，我们人类作为地球之子，心中也不断有烈火般的热情在燃烧着、翻滚着。建立在此感情之上的俳句与文章，乍一看，似乎只是冷静客观的俳句、文章，其实人们会逐渐意识到，它们都由一种潜在于深层的热情所左右。

所谓客观写生，就是这样的意思。初学者不可能一下子就达到那样的境界。除去少数人，都必须徐缓地步行前进。在到达某一个高点之前，或许只能写下仅仅是罗列事实的、平易浅近的客观写生句。我会耐下性子挑选出一些这样的俳句，期待着有人能够脱颖而出，登堂入室。

我常常倡导客观写生。热切期望着那种站在深沉静谧的主观之上创作的客观写生俳句涌现出来。有时还会热切期望站在强烈的热情之上的客观写生俳句的出现。

然后还有一个问题，就是您所说的"胡乱地堆砌文字，将语句复杂化"，或者是使其晦涩难懂。我认为，犯下这种错误的人，是因为他们尚不明白俳句本来的性质。俳句只有十七个假名，是相当单纯的诗歌。因此，简朴就是它的生命。必须充分发挥俳句的简朴特性。这就是俳句的本来面目。简朴率真，韵味却深远丰厚，这才是俳句的生命。我想，您所说的"象征意义的高度"，也是属于这个问题吧。我想，我们还会有机会来论述这个问题的。我仅在此回答您在来信中提到的客观写生这一问题。

《玉藻》1954年10月刊

我对花鸟讽咏论充满自豪

人的一生，何其短暂。我今天已满 81 岁高龄，但我的人生算不上很长。与宇宙所谓的悠久存在相比，我只不过是寄蜉蝣于天地之间罢了。我曾断言"俳句乃花鸟讽咏之诗歌"，当时我尚未意识到，今天回想起来才发现，提出这样的看法是我短暂人生之中的一件大事。一开始，我只是想说明俳句这种诗歌的性质，便使用了这样一句极其平凡的话。后来，直到我接触到新出现的各式各样的称之为学说的理论，才开始意识到，这是我一生之中的一件大事。

首先，有河东碧梧桐的"新倾向俳句论"的出现，他要将俳句变成无季题（季语）、非定型的诗歌。碧梧桐忘记了这样的事实，俳句是靠着许多古人之力，才发展起来的传统诗歌。碧梧桐开始觉得这一传统是陈腐的东西。他想毁掉俳句的两大性质，即十七个假名与季题。这种处置方法是对传统诗歌俳句极大的不尊重，并且也是缺乏深谋远虑的。要是有那样的想法，为何还要去写什么俳句呢？再去创造一种新诗歌不就行了吗？碧梧桐所犯的错误，是他忘记了自己一直接触至今的俳句的传统价值，想从根本上去颠覆俳句。

当时，我自认为属于守旧派、传统派。俳句是传统的诗歌，必须遵循十七个假名和季题这两个钢铁一般牢固的原则。处于这样的不可撼动的原则之下的诗歌，才是俳句。俳句是"花鸟讽咏"的诗歌。所谓花鸟，是指按照春夏秋冬的四季嬗递，大自然与人间社会中发生的种种现象。这些现象可称为花鸟风月，后来又将其简约成了"花鸟"两个字。芭蕉也曾用简要的语言说过：

  且风雅之事，随造化而以四时为友。所见之处，
 皆有花发；思念之所，无处无月。[1]

俳句虽是对花鸟的讽咏，却是要吟咏出映于心中的花鸟。不可无心。吟咏花鸟，或通过花鸟吟唱心境，其实只是两种表达方式，意思是相同的。从大体上而言，诗歌都是抒情的。毋庸置疑，俳句也属于抒情诗，但它却是一种吟唱花鸟的抒情诗。将花鸟剔除掉的话，那就不是俳句了。从一方面而言，可以说俳句是被束缚于花鸟之中的；从另一方面来说，俳句

---

[1] 此句出自芭蕉的著作《负笈云游短文》（『笈の小文』）。

是以花鸟的存在而存在的。可以说，俳句的范围狭小，无法让人任意放开手脚，也可以说，俳句是一种特殊而稀有的诗歌。俳句是一种局限于花鸟讽咏的诗歌，这是俳句的短处，也正是俳句的长处。一言以蔽之，花鸟讽咏就是俳句的真面目。我说，俳句是花鸟讽咏的诗歌。我以此为自豪。

我就是这样翻来覆去地将这个问题一直说到了今天。

后来，"新倾向俳句论"销声匿迹，二三十年间天下无事。但是到了今天，又有一些人抛出了"反花鸟讽咏论"，其中不乏喜欢大谈理论之人，以及俳句的定义之争，但还不至于无视俳句本来的花鸟讽咏性质，破坏俳句的十七字定型。可近来，还逐渐出现了将季题看得无足轻重的说法。我们实际去看一看身边许多人所作的俳句，就会发现，很多人写的俳句仅仅是在形式上使用季题，即使将这些季题省略掉也无妨。他们只是坚持了传统俳句的形式，只是出于不得已才使用了季题。这种不懂得季题的巨大意义的俳句简直是俯拾皆是。他们的作品无视季题的功用，也就更谈不上花鸟讽咏了，可以说，这种做法是对传统的一种反叛。

我不是说，那样的尝试就一定是坏事。不满于传统诗歌，想要尝试着去写一种新的诗歌，这样的念头谁都会有。特别是年轻人，我对他们的热情抱有同感。但是，我要问一问那些人，你们要做新的尝试，为什么就选中了俳句的形式呢？为什么偏偏要在传统诗歌俳句上面强行开展新的尝试？你们这是在干一件蠢事。俳句之外，不是还有自由诗吗？你们为何不去选那种适合自己思想的新诗呢？我对他们的想法感到十分不解。他们硬是要让一种传统的古老形式尝试无法实现的改变。这样做太过于勉强。他们或许认为，创造一种新的形式十分困难，而改造一种旧东西的话，就会更容易一些。其实，结果他们会发现，这样做会更加艰难。他们会在毁掉一种旧传统的同时，又无法创造出新东西来。这样的尝试毫无意义。与其这样做，不如到自由的天地中去，进行一番自由的创造。他们感到古老的东西，正是因为古老，才拥有它的悠久历史、它的特色、它的独特价值，以及存在的权利，是无法轻易被毁灭的。他们挥起铁锤，要毁掉传统，殊不知这铁锤会反过来砸到自己身上。我们的传统诗歌俳句，不是凭他们的力量就能轻而易举地毁掉的。

最近，我又以断言"俳句乃花鸟讽咏之诗歌"而开始感到自豪。碧梧桐的那一派人，后来又发起了"新兴俳句"。当时，我也多多少少与他们应酬过，但是今天，当我看到"反花鸟讽咏论"势力正旺时，我反而会对自己的学说评价更高。尽管这句话并非是一种新论调，只是说明了俳句本来就有的性质罢了，但要说明我们的传统诗歌俳句，只要有这句话就够了。我说出了一句平凡无奇的话，为何还会感到自豪呢？想一想，这真是一件可悲之事。那些年轻人抛出的新论调越多，就越是会显示出我这句话的力量。我的一生十分短暂，但是在短短的一生当中，能够在人世上留下这句话，就是我值得自豪的事情。在各位还不曾抛出新论调之前，我那句本来就十分平凡的话根本就不足挂齿。但当各种论调出现之后，我的这句话才开始崭露头角，焕发出光芒来。诸位提出的新论调越多，这句话的光芒就会愈加强烈。

人生苦短，真是如同寄蜉蝣于天地之间。我的俳谐生涯也留有诸多遗憾。唯有这句"俳句乃花鸟讽咏之诗歌"，是否会因为与诸位展开的争论而更加引人注目呢？我倒希望，这句理所当然的话，还是不去引人注目为好。

《玉藻》1954年10月刊

寄语俳句杂志《青》

杂志《青》很快就要开始发行第二期了。我这个老人的年龄也增添了一岁，但是，看到《青》这位青年的成长，我满心喜悦。

杂志《青》有一个宿命，就是继承"花鸟讽咏"的血脉。对此，诸位是如何看待的呢？

诸位一心想要追求新意，在你们的大脑深处，想必是有着一种希望摆脱"花鸟讽咏"羁绊的愿望，至少是隐藏着一个想要尝试一下摆脱羁绊的念头。我认为，这也是理所当然的。

但是，从你们开始考虑要学习我认定的那种俳句时，"花鸟讽咏"的宿命就已经缠身了。诸位迄今为止所吟唱出来的俳句，都背负着"花鸟讽咏"的宿命。对于这一点，诸位又是如何考虑的呢？我想知道你们的想法。

并不看重季题，只是少量而随便地使用季题——这样的俳句不是我所信奉的俳句。那样去写，至少算不得是好俳句。另外，自然还要遵循十七音的格式。如果没有这样的形式，就不能算是俳句，至少算不得是好俳句。

你们迄今为止所吟唱出来的俳句，一直都遵循着我所期待的路线。

抒情的天地无限宽广，充满自由。但是诸位却错误地选择了俳句，俳句的天地是要受到限制的，不能够背离"花鸟讽咏"的宿命。如果诸位能够下定决心甘于这样的宿命，那就留在俳句这块天地之间不断努力奋进吧。

俳句的天地是有限制的，是狭窄的，但又是一片局外人无法窥视到的快乐天地。

《青》1954年10月刊

寄语北海道的俳人们（节选）

小女立子，将到贵地一游，将替我将此话传达给贵地的诸位俳人。

新人不可如同移植而来的植物，必须是从大地之中萌发出来的植物，才最有生命力。

虽说是花鸟讽咏，但绝非是仅指花鸟。地球因为围绕着太阳旋转，才产生出了四季的变化、一年之中的各种自然现象，这些现象都会对我们的生活产生影响，我们的活动也会影响到这些现象。我们会因此而得到安慰。我们对一切现象寄情抒怀，用"花鸟"二字来代表一切现象，"俳句就是花鸟讽咏诗"。

人们往往还未意识到，人类是生活在四季的变化之中的，朝朝暮暮都会受到四季变化的影响。而讽咏这种变化与影响，属于"传统文艺的俳句"，就是一种特殊的伟大艺术。

花鸟，即大自然的变化。我们要捕捉何种自然变化，来进行吟咏呢？这是一个至关重要的问题。说起写生，是要去写生何种对象呢？还有，该如何去写生呢？这两件都是头等大事。

判断俳句优劣之标准，毕竟存在于作者的心中。如果作者之心修养深厚、品味高雅，就能高雅地反映出大自然，进行格调高雅的吟咏。如果作者之心天真无邪，就会天真无邪地反映出大自然，进行天真无邪的吟咏。如果作者之心新鲜灵动，就会新鲜灵动地反映，新鲜灵动地吟咏。如果作者之心尚处于肤浅层次，就只能肤浅地反映，肤浅地吟咏。

各位年轻的俳人，如果不去穷追理论，就不会感到满意吧。但我想，应该将理论置于后面，首先要懂得俳句的妙味，这才是最重要的。

我在川端茅舍的俳句集上，题写了"花鸟讽咏，真骨顶汉[1]"八个字。

我还吟出了俳句：

明易や　花鳥諷詠　南無阿弥陀仏
明快易懂，花鸟讽咏，南无阿弥陀佛。

于是便有人问我："此话怎讲？"我回答说，这是我的信仰。

《玉藻》1954年11月刊

---

[1] 真骨顶汉：日文单词，意思是其人的真实面目是具有真才实学的男子汉。

俳谐[1]

在这里，我要谈谈俳句的母体——俳谐。俳句就是从俳谐最初的一句诗独立出来的。这个最初的诗句原来叫"发句"。直到子规出现前，世间一直流行着"发句"这个名词。是子规专门给它起了一个名字叫"俳句"，到了今天，已经没有人叫它"发句"了，而是用"俳句"来称呼这种短诗了。

"发句"的意思，就是最初的句子，即俳谐的第一句诗。

俳谐的第一句诗一定要有季题（季语）。不光是俳谐，连歌也应如此。连歌的"发句"中有季题，俳谐的"发句"中也有季题。这样一来，由俳谐的第一句独立出来的"发句"也就有季题。在"发句"改名为"俳句"的今天，命运使然，季题依然是它的生命。今天，我想在后面举出芭蕉时代的几篇俳谐，来研究一下俳谐与季题之间的关系。

---

[1] 俳谐：从广义上而言，包括俳谐连歌、发句、俳文、俳谐游记，而狭义上单指俳谐连歌。

后面出现的五篇俳谐连歌，对于不创作俳谐的人来说，恐怕是看不懂其含义的。我想在这里简单表明一下俳谐与季题的表面关系。

在我列举出来的五篇俳谐中，有标注下圆点的词语就是季题，有季题的句子散见于各处，它们被没有季题的诗句包围着。特别是从"发句"开始，以及第二、第三句，也就是第一、第二、第三句，还有"扬句"（亦称"举句"），即终结之句的意思。这句诗与它前面的诗句一定会有季题，以此来结束全篇。

没有季题的诗句，可以自由自在地吟唱世态人情。它们只有一个限制，即十七个假名，或者是十四个假名，此外不受任何约束。这样吟唱下来，经过几句吟咏之后，又会出现季题之句。然后又是几句没有季题的句子，接着又会出现有季题的句子。俳谐与季题的关系就是这样的。有季题的句子占到了一半以上，有的甚至会达到三分之二。这样的形式，从连歌诞生时代开始，直到俳谐时代，一直延续了四五百年。

于是，俳谐就这样作为一种传统诗歌而存在下来。我们来仔细看一看吧，它的"发句"独立出来变成了"俳句"。这样，如果其中那些没有季题的诗句独立出来的话，很有可能发展成具有另外一个名字的诗歌新体裁。也就是说，十七个假名、不用季题，也可能成为一种新诗歌。现在已经有了讽刺世俗人情的短诗"川柳"，它就是一种与季题无关的十七音节的诗歌。此外，还存在着诞生别的诗歌的可能性。在"川柳"之外，再创造出一种含有十七音节、不管是否有季题的诗歌，从尊重传统的基础之上而言，抱有这种主张的人们，还会有可能出现。我们应该充分认识到这一点。

但是，不要季题而独立的诗歌，就会像"川柳"一样，也会有实力成为一种洞悉细微人情的独立诗歌。但是，从品味上来与俳句比较的话，那就逊色了许多。不过却能够成为一种新诗。如果还要创造出一种另外的独立诗歌来，这种新的诗歌应该抓住自己的某种特色、某种长处来吸引人。我们再回过头来看看俳句，其诗句中存在着强有力的季题。因此能够作为一种独立的俳句，至今保持着自己独特的形态。有人试图想要找到能够替代季题的元素，谈何容易！

事实上，季题在俳句中发挥着巨大的作用。即便是俳谐，其中没有季题的诗句色彩单薄，这时，有季题的诗句一旦出现，会为俳谐增添绚丽色彩。没有季题的诗句，所能表现的题材有神祇、释教[1]、恋情、无常、疾病、羁旅，等等。它们纵横驰骋，歌唱人间的生活百态，但点缀有季题的诗句占到整篇俳谐的半数以上。

总之，日本这个国家、大自然一年四季展现着丰富的变化、居住在这片土地上的人们的生活方式，都成了俳谐的创

1　释教：与佛教相关的题材。——编者注

作素材。

从大处着眼，也不是不能说俳谐是一种花鸟讽咏的诗歌。不，将俳谐称为花鸟讽咏的诗歌是正确无误的。不过，先将这个问题搁置一下，还是先来看一看花鸟讽咏诗俳句的母体——俳谐，是如何重视一年四季的自然现象，明确地使用季题的特色吧。

一[1]

头顶斗笠，因长途旅行中绵绵阴雨而露出破绽，身上纸衣[2]，经四处之风雨而变皱。历经闲寂跋涉之人，吾亦深感无限哀愁。不知不觉，偶然间遥想古人，有狂歌才子[3]曾到过此地之事。

狂句こがらしの　身は竹斎に　似たるかな
冷风吟狂句，吾身似竹斋，　　　　　芭蕉

1　本组俳谐出自《芭蕉七部集》之《冬之日》(『冬の日』)。贞享元年（1684），芭蕉在旅途中与名古屋的弟子们举行了歌仙俳谐会，其作品即是《冬之日》。
2　纸衣：在较厚的日本纸上涂上柿漆，晾干后揉软，然后制成的衣物。穿在身上用于保暖或当作睡衣。原是律宗僧人的衣物，在元禄时代流行，普及到社会各阶层。
3　狂歌才子：指江户初期1624年刊印的假名草子《竹斋狂歌故事》中的主人公"竹斋"。

たそやとばしる　笠の山茶花
来客是何人？山茶花瓣落斗笠。　　　　　野水

有明の　主水に酒屋　つくらせて
天边留残月，酿酒主水司[1]，　　　　　荷兮

かしらの露を　ふるふ赤馬
摇头枣红马，头上露水洒。　　　　　重五

朝鮮の　ほそりすゝきの　にほひなき
朝鲜芒草瘦，不闻有芳香，　　　　　杜国

日のちりぢりに　野に米を刈る
日光渐消退，原野割水稻。　　　　　正平

わがいほは　鷺にやどかす　あたりにて
吾家无人住，草庵栖白鹭，　　　　　野水

---

[1] 主水司：律令制下宫内省的下属机构，负责为皇家提供生活用水、稀粥、冰块等事务。

髪はやすまを　しのぶ身のほど

断发未长出,隐居怕见人。[1]　　　　　芭蕉

いつはりの　つらしと乳を　しぼりすて

婴儿已送人,胸胀扔乳汁,[2]　　　　　重五

きえぬ卒都婆に　すごすごとなく

佛塔祭死婴,嘤嘤啜泣声。　　　　　荷兮

影法の　あかつきさむく　火をたきて

人影投墓前,篝火更摇曳,　　　　　芭蕉

あるじは貧に　たえしから家

篝火照空屋,人去屋已空。　　　　　杜国

田中なる　こまんが柳　落るころ

田中一株柳,小曼已死叶落尽,[3]　　　荷兮

---

[1] 断发是对武士的严重惩罚,此句讲的是某男性头发被割掉,羞于见人,只好蛰居乡间,直到头发完全长出来为止。句中的"しのぶ身"一词,也隐含着受罚的原因是一段难以启齿的恋情。
[2] 紧接上面的恋情吟道:男方被处断发,女方只好将私生子送人抚养。乳房胀痛时,将乳汁挤出来扔掉。
[3] 伊势国的水田之中有一株柳树,相传游女小曼为情所困,在此投水而亡。

霧にふね　引人は跛か
雾中拉纤人，跛脚艰难行。　　　　　　野水

たそがれを　横にながむる　月ほそし
侧目望黄昏，月牙瘦嶙峋，　　　　　　杜国

となりさかしき　町に下り居る
衣锦还乡后，邻居皆穷人。　　　　　　重五

二の尼に　近衛の花の　さかりきく
二位尼[1]问询，御所樱花何时开，　　　野水

蝶はむぐらに　とばかり鼻かむ
荒草深深舞蝴蝶，掩鼻悲泣。　　　　　芭蕉

のり物に　簾透く顔　おぼろなる
轿中帘后人，朦胧泪眼看，　　　　　　重五

1　二位尼：指《平家物语》中的平清盛之妻平时子，原是天皇身边的高级女官，叙从二位官阶，故得此名。天皇驾崩后，她出家为尼。最后在坛之浦之战战败时，怀抱外孙——虚岁8岁的安德天皇投海身亡。

いまぞ恨の　矢をはなつ声

轿中坐仇敌，但闻放箭声。[1]　　　　　荷兮

ぬす人の　形見の松の　吹折れて

盗贼倒地亡，风吹松枝折，[2]　　　　　芭蕉

しばし宗祇の　名を付けし水

荒野有溪流，名为宗祇水。　　　　　杜国

笠ぬぎて　無理にもぬるゝ　北時雨

北风冷雨摘斗笠，浑身皆淋湿，[3]　　　荷兮

冬かれわけて　ひとり唐苣

严冬北风吹，唯见有唐苣。　　　　　野水

しらしらと　砕けしは人の　骨か何

野草掩白骨，不知是何人，　　　　　杜国

---

1 此句话锋一转，轿中之人变成了仇敌，因此要射杀他。
2 话锋再次转换，大盗贼熊坂长范想袭击源义经，结果被杀。如今此处还留下了一株他倒地处的松树，那棵松树位于今天的福井县芦原市熊坂。
3 写宗祇在雨中的狂人之举。

烏賊は　ゑびすの国の　占かた
虾夷烧乌贼，此乃占卜法。　　　　重五

あはれさの　謎にもとけし　郭公
无人解悲情，子规正啼鸣，　　　　野水

秋水一斗　もりつくす夜ぞ
滴漏流尽一斗水，漫漫秋夜长。　　芭蕉

日東の　李白が坊に　月を見て
日本诗人仿李白，僧房望明月，　　重五

巾に木槿を　はさむ琵琶打
头巾插有木槿花[1]，盲僧弹琵琶。[2]　荷兮

うしの跡　とぶらふ草の　夕ぐれに
耕牛早去世，荒草夕阳悼遗迹，　　芭蕉

1　木槿花会顷刻凋谢，此句写人生无常。
2　盲僧弹琵琶：从平安时代起，街头出现了表演琵琶说唱节目的盲僧，演唱故事逐渐成了盲人的职业。

箕に鯎の　魚をいたゞき
簸箕装斑鳈，恭敬收下来。　　　　　　　杜国

わがいのり　あけがたの星　孕むべく
许愿对晨星，早生子如玉，　　　　　　　荷兮

けふはいもとの　まゆかきにゆき
阿妹怀孕后，阿姐来画眉。[1]　　　　　　野水

綾ひとへ　居湯に志賀の　花漉て
志贺汲来温泉汤，一层绫罗飘落花，　　　杜国

廊下は藤の　かげつたふなり
走廊垂紫藤，暗影何深深。　　　　　　　重五

1　此为当时民间信仰，为孕妇画眉，可保母子平安。

二[1]

木のもとに　汁も膾も　桜かな
树下赏花宴，汤汁生鱼飞落樱，　　　　　翁[2]

西日のどかに　よき天気なり
夕阳西坠何悠闲，春意阑珊。　　　　　珍硕

旅人の　虱かき行く　春暮て
旅人扪虱行，春日暮色中，　　　　　曲水

はきも習はぬ　太刀のひきはだ
身佩长刀鞘，尚不习惯。　　　　　翁

月待て　仮の内裏の　司召
待月临时皇官内，明朝任命式，[3]　　　　　珍硕

籾臼つくる　杣がはやわざ
樵夫手艺巧，短时造木臼。　　　　　曲水

1　本组俳谐出自《芭蕉七部集》之《砂砾》(『ひさご』)。
2　此处"翁"指芭蕉，原文以"翁"落款，此处保留。
3　每年秋天，朝廷举行仪式任命各级京官，而春季则要任命各级地方官。

鞍置る　三歳駒に　秋の来て
马驹三岁已成年，秋日配好鞍，　　　　　翁

名はさまざまに　降替る雨
降雨名不同，秋雨变冷雨。[1]　　　　　珍硕

入込に　諏訪の涌湯の　夕ま暮
诹访山间有温泉，男女皆喜欢，　　　　　曲水

中にもせいの　高き山伏
洗浴客人中，山伏身材最高大。　　　　　翁

いふ事を　唯一方へ　落しけり
山伏乃头领，充耳不闻他人言，　　　　　珍硕

ほそき筋より　恋つのりつゝ
相思无结果，徒添苦恋情。　　　　　　　曲水

---

[1] 日本多雨，根据季节不同，雨之名称各异。例如初冬的雨称为冷雨(時雨)。

物おもふ　身にもの喰へと　せつかれて
忧思难进食，诸位劝餐饭，　　　　　　　翁

月見る顔の　袖おもき露
赏月抬头望，泪沾衣袖沉。　　　　　　珍硕

秋風の　船をこはがる　波の音
波涛声里，秋风摇船添恐惧，　　　　　曲水

鴈ゆくかたや　白子若松
雁群归何处？白子与若松[1]。　　　　　翁

千部読む　花の盛の　一身田
诵经破千部，樱花盛开一身田[2]，　　　珍硕

巡礼死ぬる　道のかげろふ
朝山途中倒地亡，路上起阳炎。　　　　曲水

1　白子、若松：皆为伊贺国地名，位于今天日本三重县北部的铃鹿市近畿铁路沿线。
2　一身田：地名。位于三重县津市，这里有一座净土真宗的佛寺专修寺，曾是近畿地方的宗教中心之一。

何よりも　蝶の現ぞ　あはれなる

何处蝶飞来？亦为死者悲，　　　　　　　翁

文書ほどの　力さへなき

无力致书告父老，刹那魂归天。　　　　　珍硕

羅に　日をいとはるゝ　御かたち

美人着罗裳，避开烈日光，[1]　　　　　　曲水

熊野みたきと　泣給ひけり

维盛熊野蹈海亡，夫人空洒泪。[2]　　　　翁

手束弓　紀の関守が　頑に

卫士持弓箭，夫人难过铃鹿关，[3]　　　　珍硕

酒ではげたる　あたまなるなん

守关之人一酒徒，头发已掉光。　　　　　曲水

---

1 本句作者将前一句当中的"书"（家书）转化为"情书"，由此话题转向"美人"。
2 句中描写的女性为《平家物语》中的人物平维盛的夫人。平清盛之孙平维盛兵败后出家，后来在熊野投海自尽。
3 平维盛夫人受到铃鹿关卫士的刁难，未能通过。

双六の　目をのぞくまで　暮かゝり
嗜酒兼赌博，浪荡到黄昏，　　　　　　　　翁

仮の持仏に　むかふ念仏
投宿客舍者，亦有念佛人。[1]　　　　　　　珍硕

中々に　土間にすわれば　蚤もなし
铺席土间谁，此处无跳蚤，　　　　　　　　曲水

我名は里の　なぶりもの也
今日回乡里，人前落骂名。　　　　　　　　翁

憎れて　いらぬ踊の　肝を煎
我不讨人嫌，盂兰盆会舞翩跹，　　　　　　珍硕

月夜月夜に　明渡る月
夜夜秋月朗，盂兰盆会已临近。　　　　　　曲水

花薄　あまりまねけば　うら枯て

---

[1] 笔锋一转，写投宿旅店之人形形色色，有嗜酒好赌之人，亦有一心念佛之人。

芒草点头招行人，不久将枯萎，　　　　　翁

唯四方なる　草庵の露
四方草庵滴水声，点点落清露。　　　珍硕

一貫の　錢むつかいと　返しけり
庵主不贪财，拒收一贯钱，[1]　　　　曲水

医者のくすりは　飲まぬ分別
医师开药方，一切不服用。　　　　　翁

花咲けば　芳野あたりを　かけ廻り
樱花正绽放，健步吉野山。[2]　　　　曲水

虻にさゝるゝ　春の山中
春日深山里，偏遭牛虻叮。　　　　　珍硕

---

[1] 庵主为芭蕉，弟子曲水为芭蕉建草庵，他要求力求简朴，不得浪费，并拒收钱财。
[2] 芭蕉从不滥服药物，他认为修行云游，步行便可健身。因此吟出了"健步吉野山"。

三[1]

市中は　物のにほひや　夏の月
万物飘气味，夏月照市井，　　　　　　凡兆

あつしあつしと　門門の声
热杀人，热杀人，家家传喊声。　　　芭蕉

二番草　取りも果さず　穂に出て
除草第二遍，随稻已吐穗，　　　　　去来

灰うちたゝく　うるめ一枚
活计忙，暂充饥，火烤一尾沙丁鱼。　凡兆

此筋は　銀も見しらず　不自由さよ
不知银币亦是钱，旅途多艰难，[2]　　芭蕉

1　本组俳谐出自《芭蕉七部集》之《猿蓑》。
2　江户时代尚无全国流通的统一货币，只有首都京都一带才允许银币流通。各地流通货币有金币、铜币、铁币等，每到一处都须到钱庄兑换后，方可使用。芭蕉携带的银币往往无法使用，这是他在旅途中遇到的困难之一。

たゞとひやうしに　長き脇指
鱼店拒收银，突然亮长刀。[1]　　　　　　去来

草村に　蛙こはがる　夕まぐれ
黄昏草丛有动静，原来是青蛙，　　　　凡兆

蕗の芽とりに　行燈ゆりけす
去采款冬芽，风吹灯灭一片黑。　　　　芭蕉

道心の　おこりは花の　つぼむ時
年少求佛道，樱花含苞时，　　　　　　去来

能登の七尾の　冬は住うき
云游能登国，冬日修行难。　　　　　　凡兆

魚の骨　しはぶる迄の　老を見て
见老者，口嚼鱼骨尚能饭，　　　　　　芭蕉

1　此句意为：鱼店老板拒收银币，突然拔出长刀威胁。莫非鱼店老板为街道黑社会手下？

待人入し　小御門の鎰

开锁小御门，迎进久候人。[1]　　　　去来

立かゝり　屏風を倒す　女子共

侍女偷看贵客，不想推倒屏风，　　　凡兆

湯殿は竹の　簀子侘しき

竹帘背后是浴室，空无一人。　　　　芭蕉

茴香の　実を吹落す　夕嵐

黄昏风雨骤降，吹落茴香果实，　　　去来

僧やゝさむく　寺にかへるか

天气微寒时，僧人归古寺。[2]　　　　凡兆

さる引の　猿と世を経る　秋の月

秋月下，耍猴戏，相伴走四方，　　　芭蕉

年に一斗の　地子はかる也

---

[1] 此句以下几句，吟咏的都是光源氏前去会晤末摘花时的情景。此句说有老者拿出钥匙为他开门。
[2] 茴香果为一味中草药，因当时僧侣多通晓中医，因此话题转向了僧人。

地租交领主，每年一斗粮。　　　　　去来

五六本　生木つけたる　潴
穷街陋巷，五六根原木浸水塘，　　　凡兆

足袋ふみよごす　黒ぼこの道
淌过黑水塘，白布袜弄脏。　　　　　芭蕉

追たてゝ　早き御馬の　刀持
主公骑马奔，带刀随从快步追，　　　去来

でつちが荷ふ　水こぼしたり
徒弟进庭院，木桶打水溅满地。　　　凡兆

戸障子も　むしろがこひの　売屋敷
新屋待售防雨水，草席盖门楣，　　　芭蕉

てんじやうまもり　いつか色づく
辣椒[1]守宅院，不觉已变红。　　　　去来

1　辣椒于16世纪传入日本，葡萄牙商船从中国将辣椒带到长崎，日本人称"唐辛子"。日本人相信，种植辣椒可驱灾除魔保平安。

こそこそと 草鞋を作る 月夜ざし
辛勤打草鞋,月光照进来,　　　　　凡兆

蚤をふるひに 起し初秋
跳蚤咬人眠不得,初秋之夜醒过来。　芭蕉

そのまゝに ころび落たる 舛落
米升权当捕鼠器,升落鼠逃窜,[1]　　去来

ゆがみて蓋の あはぬ半櫃
陋屋小柜空,箱盖已变形。　　　　　凡兆

草庵に 暫く居ては 打やぶり
暫居草庵心不宁,今日又离去,　　　芭蕉

いのち嬉しき 撰集のさた
苟活到如今,作诗入选真庆幸。　　　去来

---

[1] 当时人们将量米的木升倒扣过来,支上小木棍当作捕鼠器,可惜还是让老鼠逃脱了。

さまざまに　品かはりたる　恋をして
邂逅各色美女，恋爱一生，[1]　　　　　　凡兆

浮世の果は　皆小町なり
人人迎暮年，小町变老妇。[2]　　　　　　芭蕉

なに故ぞ　粥すゝるにも　涙ぐみ
不知何故，啜粥泪盈眶，　　　　　　　　去来

御留主となれば　広き板敷
屋内空无一人，地板房间宽敞。　　　　　凡兆

手のひらに　虱這はする　花のかげ
虱子掌心爬，樱花树下，　　　　　　　　芭蕉

かすみうごかぬ　昼のねむたさ
云霞纹丝不动，正午睡意浓。　　　　　　去来

1　指《伊势物语》的主人公在原业平一生丰富多彩的恋爱经历。
2　小野小町：平安时代和歌诗人，相传是日本史上的头号美女，离开宫廷后下落不明，有晚年出家为尼一说。

四 [1]

鳶の羽も　かいつくろひぬ　初しぐれ
初冬冷雨,枝头鸢鸟拍翅,　　　　　去来

一ふき風の　木の葉しづまる
一阵风吹过,树叶归平静。　　　　芭蕉

股引の　朝からぬるゝ　川こえて
河水涨,晨起渡河湿裤腿,[2]　　　凡兆

たぬきをおどす　篠張の弓
农夫田间架竹弓,吓退貉子保收成。史邦

まいら戸に　蔦這ひかゝる　宵の月
木格门上爬茑萝[3],夜半月光下,　芭蕉

人にもくれず　名物の梨

---

1 此组俳谐出自《芭蕉七部集》之《猿蓑》。
2 话锋紧接上面的初冬冷雨,因降雨而河面水位升高。这句诗的季题隐藏在其中。
3 茑萝:即地锦,亦称爬山虎。

户主吝啬人，甜梨不分享。　　　　　去来

かきなぐる　墨絵おかしく　秋暮て
专心水墨画，秋日已黄昏，　　　　　史邦

はきごゝろよき　めりやすの足袋
针织白布袜，穿着好自在。[1]　　　　凡兆

何事も　無言の内は　しづかなり
悄然无言中，静心只作画，　　　　　去来

里見え初て　午の貝吹く
下山途中望村落，僧人正午吹法螺。　芭蕉

ほつれたる　去年のねござの　したゝるく
去年修行草席，如今已散乱，　　　　凡兆

芙蓉のはな　のはらのはらとちる
秋日芙蓉花，飘散原野上。　　　　　史邦

---

[1] 17世纪末的江户时代，针织布袜与内衣就从西班牙、葡萄牙传入了日本。因针织品具有弹性，因此穿在身上很舒服。

吸物は　先づ出来されし　水前寺

水前寺海苔汤，远处先闻香，[1]　　　　　芭蕉

三里あまりの　道かゝへける

归路十多里[2]，带醉飘然行。　　　　　去来

此春も　廬同が男　居なりにて

到今春，庐同门下有信差，[3]　　　　　史邦

さしきつきたる　月の朧夜

春夜月朦胧，插柳皆成活。　　　　　凡兆

苔ながら　花に並ぶる　手水鉢

樱花旁，洗手钵，石上生绿苔，[4]　　　　　芭蕉

1　江户初期，肥后（熊本县）细川家第一代藩主细川忠利创建水前寺。后来水前寺迁移至其他地方，此处改建茶屋，成为细川家别邸、庭园。每当樱花时节，游人如织，这里的"水前寺海苔汤"远近闻名。
2　这里的"里"指古代的"日里"。
3　庐同：唐代隐士，疑是"卢仝"。贾岛《哭卢仝》："平生四十年，唯着白布衣。"当时，史邦身边有一位叫庐同的跑腿少年，到了今年春天，他依然操此营生。
4　日本园林中的洗手钵多用一整块石料凿成，用竹筒引来山泉。

ひとり直し　今朝の腹たち

今朝起争执，稍停怒气消。　　　　　　去来

いちどきに　二日の物も　喰て置き

一天吃下两日餐，不知养生汉，　　　　凡兆

雪げにさむき　島の北風

寒冬大雪天，北风劲吹时。[1]　　　　　史邦

火ともしに　暮ば登る　峰の寺

日暮登山顶，寺内点灯塔，[2]　　　　　去来

ほとゝぎす皆　鳴仕舞たり

上山又下山，子规已不鸣。　　　　　　芭蕉

瘦骨の　まだ起直る　力なき

夏尽瘦嶙峋，无力起床来，[3]　　　　　史邦

1　此句将上句的"不知养生汉"转化为寺院看守人。之所以一天吃下两日餐，是因为寒冬之日，北风劲吹，神社寺庙路断人稀，不知何时才能再次吃上饭。
2　守庙人的职责还有每晚到峰顶的寺庙去点燃灯塔，为航船引路。
3　由此句起的7句诗，讲述一对男女的恋爱情仇故事。

隣をかりて　車引きこむ
邻家借牛车，男子访病妇。　　　　　　凡兆

うき人を　枳殻垣より　くゞらせん
篱笆带尖棘，刺痛薄情人，　　　　　　芭蕉

いまや別れの　刀さし出す
天明离别时，娘子怒拔刀。　　　　　　去来

せはしげに　櫛でかしらを　かきちらし
男子离别时，安然梳发髻，　　　　　　凡兆

おもひ切つたる　死ぐるひ見よ
装模作样人，不知死期近。　　　　　　史邦

青天に　有明月の　朝ぼらけ
今朝决死拼，残月挂天边，　　　　　　去来

湖水の秋の　比良のはつ霜
湖上秋色凉，比良山上降初霜。　　　　芭蕉

292

柴の戸や　蕎麦ぬすまれて　歌をよむ
柴门咏和歌，地里荞麦被盗割，　　　　　史邦

ぬのこ着習ふ　風の夕ぐれ
黄昏寒气降，急忙披棉衣。　　　　　　　凡兆

押合て　寐ては又立つ　かりまくら
寒冷难入睡，起床赶路忙，　　　　　　　芭蕉

たゝらの雲の　まだ赤き空
脚踏风箱炼铁炉，映红半边天。　　　　　去来

一構　鞦つくる　窓のはな
马具村，制鞦带[1]，窗前樱花开，　　　　凡兆

枇杷の古葉に　木の芽もえたつ
枇杷古木又逢春，枝头吐新芽。　　　　　凡兆

1　鞦带："鞦"念作 qiū，拴在牛马屁股后面，用来固定马鞍或车辕的皮带。

五[1]

饯别乙州东武之行

梅若菜　まりこの宿の　とろゝ汁
梅开菜嫩时，鞠子旅店薯蓣汤，　　　芭蕉

かさあたらしき　春の曙
戴上新斗笠，迎来春曙色。　　　　　乙州

雲雀なく　小田に土持つ　比なれや
云雀声声里，运土到田间，[2]　　　　珍硕

粢祝ふて　下されにけり
捣碎水浸米，敬神作供品。　　　　　素男

片隅に　虫歯かゝえて　暮の月
躲到角落吃年糕，岁暮牙疼望冬月，　乙州

1　本组俳谐出自《芭蕉七部集》之《猿蓑》。
2　春天农夫运土到田间，是为了补充冬季被雨水冲刷掉的土壤，因为日本是岛国，冬季雨水也不少。同时也有意为土地增加含有腐殖质的肥沃土壤。

二階の客は　たゝれたるあき

楼上牙疼客，秋晓已动身。　　　　　　芭蕉

放ちやる　うづらの跡は　見えもせず

放飞鹌鹑鸟，顷刻无踪影，[1]　　　　　素男

稲の葉延びの　力なきかぜ

稻叶已出穗，无力对秋风。　　　　　　珍硕

ほつしんの　初にこゆる　鈴鹿山

修行离尘世，初过铃鹿山，[2]　　　　　芭蕉

内蔵頭かと　呼声はたれ

山头遇路人，呼我大老爷。　　　　　　乙州

卯の刻の　箕手に並ぶ　小西方

卯时摆军阵，小西战关原，[3]　　　　　珍硕

すみきる松の　しづかなりけり

---

[1] 放飞鹌鹑等鸟儿，是当时为死者祈祷冥福的一种仪式。
[2] 写西行法师越过铃鹿山，踏上了前往东国的修行之旅。
[3] 此句写庆长五年（1600年）年爆发的关原之战，对阵双方是德川家康率领的东军与石田三成率领的西军。

战场迎黎明,松林静无声。　　　　　素男

萩の札　すゝきの札に　よみなして
胡枝花茎,芒草茎上系诗笺,　　　　乙州

雀かたよる　百舌鳥の一声
伯劳一声叫,雀群挤一边。[1]　　　　智月

懐に　手をあたゝめる　秋の月
秋夜带寒气,怀中暖双手,　　　　　凡兆

汐さだまらぬ　外の海づら
今宵晚潮涌,不知向何方?　　　　　乙州

鑓の柄に　立すがりたる　花のくれ
持枪露倦容,樱花近黄昏,　　　　　去来

灰まきちらす　からしなの跡
芥菜收割完,地里撒灰肥。　　　　　凡兆

---

[1] 伯劳是一种食肉的猛禽,因此麻雀等小鸟会怕它。

春の日に　仕舞ひてかへる　経机
寺中彼岸会[1]，黄昏收经案[2]，　　　　　　正秀

店屋物くふ　供の手がはり
主人拜庙去，仆从聚集餐饮店。　　　　去来

汗ぬぐひ　端のしるしの　紺の糸
仆从脖上缠汗巾，末端系蓝绳，　　　　半残

わかれせはしき　鶏の下
佳期苦短离别时，鸡鸣一声声。　　　　土芳

大胆に　おもひくづれぬ　恋をして
心意纷乱时，大胆去偷情，　　　　　　半残

身はぬれ紙の　取所なき
惹火烧身后，形同碎纸片。　　　　　　土芳

小刀の　蛤刃なる　細工ばこ

1　彼岸会：寺院里春分、秋分之日前后举办的讲经会。
2　经案：高僧讲经时使用的书案。

箱中蛤蜊刀，可怜单相思，[1]　　　　　半残

棚に火ともす　大年の夜
神龛点灯火，年夜扫梁尘。　　　　　园风

こゝもとは　おもふ便も　須磨の浦
流放须磨浦，无人捎音书，[2]　　　　猿虽

むね打合せ　着たるかたぎぬ
又到换衣季，夹衣改单衫。　　　　　半残

此夏も　かなめをくゝる　破扇
今夏摇破扇，权且过暑天，　　　　　园风

醤油ねさせて　しばし月見る
味噌店主人，手摇破扇望秋月。　　　猿虽

咳声の　隣はちかき　縁づたひ
比邻咳嗽声，外廊传过来，[3]　　　　土芳

添へばそふほど　こくめんな顔

---

1 蛤蜊刀：刀刃形状像蛤蜊一样向内弯曲的刀具，专用于剔骨，以免刀刃受损。此语用来隐喻失恋的伤痛。
2 借用《源氏物语》中，光源氏流放须磨海滨的故事。
3 描写江户等城市内穷人居住的长屋的情景。一排房屋内，很多住户一家挨着一家。

相交经岁月，日久见人心。　　　　　园风

形なき　絵を習ひたる　会津盆
会津跳盆舞，漆器画无形，[1]　　　　岚兰

うす雪か ゝ る　竹の割下駄
茶道木屐[2]外廊前，飘上薄雪。　　　史邦

花に又　ことしのつれも　定らず
又到赏樱时，同伴去处皆未定，　　　野水

雛の袂を　染るはるかぜ
春风女儿节，人偶衣袖映花色。[3]　　羽红[4]

译者补注

　　高滨虚子在本章开头说，最后列举出"五篇俳谐连歌……我想在这里简单表明一下俳谐与季题的表面关系"。接着他

1　会津位于今福岛县西部。盆舞指盂兰盆舞。本句的含义是漆器工匠在漆器上描绘的会津盂兰盆会的场景没有具体形象，好像现代派的抽象画。
2　茶道木屐：茶道师傅在前往茶室时穿着的专用竹编木屐。
3　每年的三月三日，是日本传统的女儿节，女孩子要在家中摆放人偶。起源于中国的祓褉风俗。"三月三日天气新，长安水边多丽人。"（杜甫《丽人行》）
4　羽红（1743—1817），江户时代中后期的女俳谐师。

又说:"有季题的句子占到了一半以上,有的甚至会达到三分之二。这样的形式,从连歌诞生时代开始,直到俳谐时代,一直延续了四五百年。"

这种每人一句,由多人连续吟咏出长句(5—7—5,亦称"前句")与短句(7—7,亦称"付句")的连歌雏形,诞生于八世纪的奈良时代,从中世连歌成熟时代的连歌师二条良基(1320—1388)、心敬(1406—1475)起,直到松尾芭蕉,季题始终是连歌与俳谐的灵魂。连歌原本是和歌集会的余兴,好比是演奏了高雅的交响乐或室内乐后,感觉意犹未尽,便趁着酒酣耳热,再来几段摇滚。但连歌追求滑稽与机智的效果,却不免流于低俗。是松尾芭蕉将俳谐连歌带进了艺术殿堂,俳谐便升华得以雅俗共赏,为贵族、武士、僧侣、庶民等各阶层人士所喜爱,汇成诗歌创作的潮流。

古代和歌注重抒情,中世的诗歌则注重精神内涵,出现了良基、心敬、宗祇等连歌理论大师。

我们阅读欣赏这五组俳谐连歌时,须特别留心品味其中莺飞草长、花谢水流、皓月当空、雪化冰消的季节感。还要留意每一句之间的连接方式。参加俳谐连歌会的人,要充分吟味前面一位吟出的诗句,这是必不可少的创作前提。俳谐连歌会好比是多人演奏、心心相印的交响音乐会。

到了芭蕉的时代,这种俳谐连歌的固定连接方式称为"连句式目"。俳谐连歌的句数有多种,而主要的有两种,吟咏三十六句的俳谐连歌称为"歌仙形式"（平安时代有三十六歌仙），上述五篇皆为此"歌仙形式"，而吟咏一百句的叫"百韵"。

下面我简单说明一下"歌仙形式"的要点。

第一句叫"发句"，一定要有"切字"，后一句叫"胁"，须与前句属于同一季节，并用"体言止め"（たいげんどめ，体言即名词），即用体言结句。第三句可用"て"等结尾，便于向第四句过渡。第四句到第三十五句叫"平句"，最后的第三十六句叫"举句"（あげく），此词今天出现引申义，还可以当作副词来使用，表示"最终能、结句"的意思。

"付句"与"前句"相连时，一般要遵循以下五个原则：

1. "移"（うつり），须与"前句"的余韵相呼应。
2. "匂"（におい），诗句的气氛须与前一句保持一致。
3. "位"（くらい），吟咏与前一句中的人与事相应的内容。
4. "響き"（ひびき），内容与语调要有紧张感。
5. "面影"（おもかげ），让人缅怀起古代故事与古代和歌。

我们来看第一组俳谐连歌的开头四句吧：

发句：狂句こがらしの　身は竹斎に　似たるかな
季题：こがらし（秋冬寒风）　　切字：かな

胁：たそやとばしる　笠の山茶花
体言结句：山茶花（秋冬开花）

第三句：有明の　主水に酒屋　つくらせて
季题：有明（仲秋）
句尾用接续助词"て"，引出下一句

第四句：かしらの露を　ふるふ赤馬
季题：露（秋）　　体言结句：赤馬

  从以上例子来看，每一句遣词用句都符合要求。而且诗句承接相连时，照顾到了季题、切字、体言结句，同时也遵循了"余韵呼应""气氛一致""关联人事"等诗句连接的原则。

参考文献

1. 木藤才藏、井本农一校注《连歌论集 俳论集》,岩波书店,日本古典文学大系66卷,1969年。
2. 水原秋樱子等监修,《彩图版 日本大岁时记》,讲谈社,1983年。
3. 井筒雅风、中西进等编撰《21新国语综合指南》——俳谐修辞,京都书房,2003年。

图书在版编目（CIP）数据

日本的俳句 /（日）高滨虚子著；刘德润译. -- 北京：商务印书馆，2023
ISBN 978-7-100-22449-9

Ⅰ. ①日⋯ Ⅱ. ①高⋯ ②刘⋯ Ⅲ. ①俳句—诗集—日本—近代 Ⅳ. ①I313.24

中国国家版本馆CIP数据核字（2023）第079723号

权利保留，侵权必究。

日本的俳句

〔日〕高滨虚子　著

刘德润　译

商 务 印 书 馆 出 版
（北京王府井大街36号　邮政编码 100710）
商 务 印 书 馆 发 行
山 东 临 沂 新 华 印 刷 物 流
集 团 有 限 责 任 公 司 印 制
ISBN 978-7-100-22449-9

2023年6月第1版	开本787×1092　1/32
2023年6月第1次印刷	印张 10

定价：68.00元